글,
싹이 트다

서문

3월 초, 어김없이 시작되는 새로운 책쓰기 동아리 활동은 늘 걱정부터 앞섭니다. 올해에는 또 어떻게 동아리를 이끌고 가야 하나? 어디서부터 출발해야 할까? 하는 생각 때문에 말이죠. 인기 없는⑵ 책쓰기 동아리 운영은 항상 제게 고민입니다.

그도 그럴 것이 터치 한 번이면 원하는 영상을 찾을 수 있고, 검색 한 번이면 셀 수도 없이 많은 정보들이 넘쳐나는 현시대에 스스로 고민하고 생각하고 자기만의 글을 찾아내려는 이가 과연 몇 명이나 될까요? 저 역시도 선뜻 나는 그러하다고 말하지 못하겠네요. 하여 아직 중학교 1학년들에게 제가 그러한 것을 기대한다는 것은 어려운 일이었겠지요.

동아리 활동을 알리는 첫날, 아이들에게 물어보았습니다. "책벗에 들어오게 된 이유를 각자 말해주세요."

뜨둥. 이럴 수가. 대부분의 아이들은 책벗이라는 이름만 보고 책을 쓰는 동아리가 아닌, 책을 읽는 동아리라고만 생각하고 들어왔다고 했습니다. 요즘 대다수의 학생들이 주어진 정보를 자세히 읽으려 하지 않고 제목만 보고 전문의 내용이 이럴 것이다 추측해 버리는 경우가 대부분이라는 것을 알고는 있었지만 설마 동아리 선택을 하는 나름 중요하다면 중요한 상황에서도 이럴 줄은 몰랐습니다. 당황한 저는 그 속마음을 감추고, 아이들에게 우리 동아리가 앞으로 하게 될 활동에 대해서 안내했습니다.

대부분의 학생들은 그저 조용히 도서관에서 책을 읽으며 편안한⑦ 사유의 시간을 보내려 했는데 틀어진 자신들의 계획으로 인해 실망한 눈치였습니다. 하지만 이미 벌어진 일. 받아들여야 했죠. 일주일에 한 번씩 원고 제출과 수정할 부분에 대한 피드백을 꾸준히 주고받은 지난 9개월의 결과물로 드디어 이 책이 탄생하게 되었습니다.

책을 만드는 과정은 고난입니다. 끊임없는 도전과 노력의 과정입니다. 우리의 삶은 서로 다른 풍경을 지나고, 그 과정에서 다양한 감정을 느끼게 됩니다. 그래서 학생들에게 글을 쓸 때 최대한 내가 경험한 것 혹은 내가 생각하고 느끼는 감정들을 잘 생각하면서 글을 쓰라고 지도하였습니다. 다소 서툴고, 다듬어지지 않고, 때로는 진부할 수 있는 문장이라 할지라도 저는 아이들의 진실함에서 끌어낸 문장은 힘이 있다고 믿기 때문입니다.

책을 발행하기까지 지난 과정을 돌이켜 보니 책벗 아이들이 마치 '한란(寒蘭)'의 모습을 닮은 것 같았습니다. 한란은 매우 추운 겨울에 피는 난초인데 혹한의 추위 속에서 꽃을 피워냅니다. 그렇기에 꽃의 모습이 청초하고 우아하며, 은은한 향기가 나기 때문에 예부터 동양란 중 가장 진귀한 식물로 사랑받아 왔습니다.

극한의 어려움 속에서 찬란하게 꽃을 피워내는 한란의 모습과 우리 책벗 친구들의 모습이 정말 비슷하지 않나요? 아마도 책벗 친구들은 책쓰기를 통해 자신 내면과의 대화를 통해 기존의 생각을 다양한 각도에서 바라보는 기회를 얻기도 하였을 테고, 분명 의미 있는 성장의 계기가 되었을 겁니다.

훗날 책을 쓴 이 경험들이 자양분이 되어 책벗 학생들 각자의 꽃을 피워낼 것이라 믿습니다. 더불어 이 책을 읽어주실 독자분들과 함께 공유할 수 있어 기쁘고, 기억될 이 순간을 함께 나누어 주셔서 감사드립니다.

이지선

목차

♣ 여 름

♣ 가 을

♣ 겨 울

봄

＊

따뜻한 온기가 느껴지는 봄 같은

새로운 시작을 알리는 봄 같은

네 개의 달, 사월

황채영

사방이 푸르고 생물은 오염되지 않으며 평화만이 공존할 수 있는 그곳은 천지왕이 다스리는 하늘의 세계 저승이다. 또한, 저승에서도 가장 아름다운 장소는 천승일지어다. 저승 시왕을 거쳐 아무 죄가 없는 무고한 자만이 갈 수 있는 곳, 이승 사람들에게는 천국, 또는 극락이라 불려 온 곳. 그 장소가 바로 천승이다. 천승에는 잘 알려지지 않은 청월 산맥, 백월 산맥, 적월 산맥, 흑월 산맥이라는 4대 산맥과 서천꽃밭이 존재한다.

"백월님!! 이것 보아요! 홍매화가 만개하였습니다."

아이가 부르는 '백월'이란 이는 삼신이라 불리며 서천 꽃밭의 관리인이다. 서천 꽃밭의 꽃감관은 '적월'이란 이름으로 홀로 서천 꽃밭을 관리하였지만, 꽃감관이라는 관직이 이승에서는 부가 된다는 터무니없는 말을 듣고는 이승으로 도피해 버렸다. 당연하게도 불법적으로 행한 터라 저승에서 그리 좋은 평판은 아니다.

"그렇구나. 운종아, 아이들을 책방으로 모아주겠니? 다과나 들자꾸나."

"약과도 먹습니까?"

"그럼, 매화가 핀 것을 보아하니 개나리와 진달래도 피었겠구나. 오랜만에 화전을."

월이 말을 채 다 끝내지도 않았지만 운종은 신난 마음에 매화나무들을 제치며 조궁으로 달려갔다. 조궁은 삼신이 천승에서 아이들을 돌보는 처소 중 하나로, 서천꽃밭과 가깝기에 사랑채에서 바로 꽃을 구경할 수 있다.

'객맞이꽃이 핀 것을 보니 손님이 오겠구나.'

월은 작게 노래를 흥얼거리며 느긋하게 조궁으로 발걸음을 옮겼다.

조궁에 도착하여 문을 열자 아이들의 소리와 매화차, 화전 특유의 향기가 월을 에워쌌다. 아이들이 월이 온 것을 인지하자 고개를 내려 인사한 뒤 즐거운 듯 웃었다.

"월님! 강녕하셨사옵니까?"

"저희가 차와 다과도 준비했습니다."

"고맙구나. 다만, 오늘 다과는 함께하지 못하겠구나. 손님이 찾아온 것 같아."

한껏 신났던 아이들은 아쉽다는 기색이 얼굴에 다 드러났지만 잠시의 정적을 두고 끝내 입을 열었다.

"그러시면 다음에는 꼭 함께하셔야 합니다?"

"그러마."

월의 말이 끝나자 기다렸다는 듯 문을 두드리는 소리가 들려왔다. 월이 문을 열자 밤하늘처럼 까만색의 긴 머리를 지니고 백안을 가진 남성이 나타났다. 문이 열리고 매화차의 향이 그에게도 지나가자 책방을 잠시 둘러보고서는 아이들을 응시하였다.

"다과를 즐기거라. 나와 손님은 자리를 옮기겠다."

월의 말이 끝나서도 그는 아이들을 응시하고 있었다.

"자리를 옮기시지요. 휠."

"…."

휠은 눈길을 거두고 뒤로 돌아 삼신이 나올 공간을 확보한 뒤, 월과 함께 발걸음을 떼었다. 그들은 서재로 가기 위해 꽃밭을 가로질렀다.

"오늘은 어찌 안대를 풀고 나오셨군요. 혹, 보고 싶으신 게 있으셨습니까?"

"안대를 써도 보이긴 하네만, 이리하면 좀 더 나아지지 않을까 하여."

"아이들과 친해지고 싶으신 것이지요?"

'휠'은 본명 흑월이다. 월이 그저 호칭으로 쓰는 것뿐이다. 휠은 천지왕의 왼팔로, 이승의 동태를 살피는 총책임관이라 할 수 있다. 평소 백안을 숨기려 흰 천을 눈에 감고 다닌다. 휠은 시력이 뛰어나다. 천지왕께서 특별히 하사해 주신 힘이다.

"안으로 드시지요."

두 사람 모두가 자리에 앉자 짧은 침묵이 흘렀고 누군가 말을 이었다.

"천지왕께서 보내신 서신입니다."

"아, 벌써 청명淸明 이군요."

"출발은 이틀 후에나 할 것입니다. 내일 조시까지 모든 준비를 마치시길 바랍니다."

월은 7년에 한 번씩 음력 2월 15일이 되는 날부터 이승에 내려가 요괴가 환생하여 인간으로 태어났을 때, 악행을 저지르지 않도록 요괴의 기운을 정화시키는 일을 하곤 한다. 길어야 5년이 넘기 전까지 천승에 돌아와야 한다. 삼신이 자리를 비우는 동안에는 삼신이 환생하여 이승에 살 때 삼신의 후계를 맡을 이가 아이들을 돌본다.

"준비하도록 하지요."

다음 날, 월은 아이들과 인사를 한 후, 휠과 길을 나서 옥황궁에 도착한다. 궁 앞에서 인사를 올리고 서궁에 하루 머물러 다음날 바로 명을 받기로 한다.

드디어 청명淸明이 다가왔다.

월은 옥황궁에서 이승으로 내려가기 위한 명을 받기 위해 내부로 들어갔다. 천지왕의 왼쪽에는 아내이신 총명부인께서 미소를 머금고 계셨고 왼쪽 아래에는 휠이, 오른쪽 아래에는 청이 있었다. 곧이어 천지왕이 큰 목소리로 말했다.

"삼신인 백월은 들어라! 천지왕의 이름으로 명하니 삼신은 이승으로 내려가 환생한 악귀들을 다스리고 악행을 저지하도록 하라."

"명 받들겠습니다."

천지왕은 절차가 끝나자 월에게 당부했다.

"조심하도록 하여라."

"폐하께서도 옥체 보존하시옵소서."

모두가 진정되고 밖으로 나와 궁 앞을 보니 들어올 때는 없었던 우물이 보였다. 월이 우물 앞에 다가가자 다른 이들이 격려의 말을 차례로 해주었다.

가장 먼저로는 총명 부인께서 말씀하셨다.

"조심히 다녀오게나. 옥황께서 저리 너를 아끼시니."

"황공하옵니다."

다음으로는 휠이 말했다.

"별 탈 없으시기 바랍니다."

마지막으로 청월이.

"누이, 몸조심하셔야 합니다."

월은 그 말을 뒤로 미리 떠놓은 우물의 물을 마시고는 잠시 쓰러졌다. 영혼이 육체를 이탈한 것이니 큰 문제는 아니다. 한 시진 후, 월의 육체로 다른 이가 깨어난다. 그녀는 삼신이 몸을 빌린 인간이자, 삼신의 후대이다.

가장 마지막에 이별한 청월. 그는 월이 '청'이라 부른다. 그는 휠과 꼭 쌍둥이 같았다. 생긴 것은 그리도 같으면서 성격은 영 딴판이다. 휠은 무뚝뚝하고 수줍은 반면, 청은 다정다감하고 재미있는 아이이다. 마치 고양이와 강아지와도 같다. 청 또한 천지왕의 오른

팔로, 천지왕의 이승에서 처리해야 하는 명을 받들거나 이승에 종종 내려와 이승 신들의 동태를 살피곤 한다.

한편, 이승에서는 삼신이 후대의 몸을 빌려 깨어난다.

'매번 힘든 몸 빌려주어 고맙네. 신이 인간에게 신세를 지기도 참 많이 졌어.'

그러자 검은 흑호랑이 한 마리가 푸른 기운을 내뿜으며 재빨리 건너편 산속으로 달려갔다. 평범한 사람이 아니라면 볼 수 없으리라.

"참 어울리면서도 이상한 조합이란 말이지."

"어? 할머니!!"

낯선 청년이 월을 향해 웃으며 한달음에 달려왔다. 그의 이름은 박준영이다. 올해 스물다섯이 되어 사진작가의 꿈을 찾았다.

"할머니, 동네 할아버지, 할머니들은 모두 회관 가셨는데 아직 안 가셨네요?"

"친하지도 않은 사람들 뭣 하러 만나러 가겠어."

마을 사람들은 20년 전부터 신을 믿었는데 8년 전에 산에 있던 신당을 버리고 회관에서 신당을 차렸다. 지난 세 번의 청명에는 꽤나 먼 곳에 일이 있어서 월이 들은 정보는 별로 없었다. 천지왕이라나 뭐라나 붉은색 밖에 기억이 나질 않는다. 신화에 대해서는 인간들이 지어낸 게 뻔하다. 추측이 소문이 되고 왜곡되어 터무니없는 믿음이 된 게지.

"에이, 할머니 신 안 믿는다고 그러는 거죠?"

"아니야. 그냥 가기 힘들어서 그래."

그 말을 듣자 준영은 걱정스럽다는 눈빛으로 말했다.

"어르신들이 할머니 소외시키는 거 아시잖아요."

"하하, 준영아 모든 게 긍정적인 생각만으로 풀리지 않는단다."

월이 세상 시시하다는 표정으로 하늘을 바라보며 말하다 어두운 준영의 얼굴을 보고 아차 싶더니 말을 이었다.

"음, 준영아. 함께 산으로 숨 좀 돌리고 오지 않으련?"

아무래도 월의 말이 역작용을 일으킨 것 같다. 준영은 월의 말을 듣고는 어두운 표정에서 더 심각한 표정으로 변화했다.

"음… 아마 사진도 많이 찍을 수 있을 텐데."

"위험하잖아요! 몇 년이나 방치된 신당에다가, 이상한 짐승도 있대요."

정말이지 준영은 아직 입도 떼지 못한 옹알이를 하는 아기와 말이 통하지 않는 것처럼 답답한 표정을 띠고 있었다.

"기자나 사진사들이 가끔 들어가는데 귀신이라고 하는 사람도 있고, 몸 성해서 나온 사람이 없었대요. 실종된 사람도 몇 있고…."

'신을 모셨다더니 기운이 남아있는 걸지도. 아, 이번 일의 아이 일지도 모르겠군. 그나저나 내가 좀 무모했어. 인간을 끌어들이려 하다니.'

"그래, 미안하다. 내가 너무 강요했지?"

"아, 아니에요. 제가 흥분한 것도 있고…."

월은 이제 가 보라는 듯 말 없는 인사를 건넸다. 일을 하지 않을 수는 없는 터라 월은 겉옷을 챙겨 입었다.

"에?! 할머니! 어디 가시게요?"

"산에 할 일이 있어서."

준영은 또다시 말이 안 통한다는 표정과 함께 한숨을 내쉬었다.

"할머니, 그냥 같이 가요. 할머니 혼자서는 위험해요."

결국 월은 준영과 동행했다.

준영과 이야기를 나누며 걸어가자 무성한 숲에 다다랐다. 신당이 필요가 없어지니 숲 자체도 필요가 없어져 아무도 관리하지 않았다.

"와, 어렸을 때는 정말 깔끔했었는데, 그래도 지금도 나쁘지 않게 예쁜 것 같네요."

조금씩 걸어가면서 숲속 안의 모습이 드러났다. 겉모습보다 훨씬 더 울창하고 아름다웠다.

"와아-."

동네 숲이라기엔 숲이 의심스러울 정도로 울창했다. 그래, 의심스러울 정도로.

'꽤 오래되었다지만 이 정도로 무성해지는 일은 쉬이 일어나지 않는데.'

"할머니! 이것 봐요! 이 꽃 이름이 뭐예요?"

"아, 이 꽃은… 석…산이네."

"책에서 여러 번 본 적은 있는데, 특히 이건 더 붉네요."

월이 걸리는 것은 석산이 적월이 좋아하던 꽃이기 때문이다. 여느 때나 적월이 머무는 곳에는 석산이 피어있었고 특히나 더 붉었다.

"꽃말이 참 비극적이지."

'그래서 좋아했던 걸지도 모르겠지만 말이야.'

"할머니는 꽃에 대해 잘 아시네요. 꽃말이 뭐예요?"

"잎과 꽃이 서로 만나지 못하기 때문이야."

좀 더 걸어가니 붉은빛이 도는 흑색 기와로 지어진 신당을 푸른색 넝쿨과 석산이 두른 장관을 볼 수 있었다. 그 순간, 월은 무엇을 본 건지 홀린 듯 신당으로 걸어 들어갔다.

"준영아, 이리 와보거라."

"예?? 네!"

준영은 당황스러웠지만 이내 놀라며 신당 안으로 조심스럽게 들어서자 의아한 표정을 지었다.

"어…?"

신당 안채에는 예상치 못한 손님이 있었다. 평범하게 생겼지만 체구는 왜소해 금방이라도 쓰러질 것 같았다. 아이는 안채에서 잠을 자는 듯 가지런히 누워 눈을 감고 있었다. 관리받지 못해 머리카락은 길게 흐트러져 있고 옅은 숨만 내몰아 쉬었다.

"준영아, 마을로 내려가서 깨끗한 물과 아이가 입을 옷가지를 챙겨 오너라."

"옷… 옷은 어떤 것으로 가져오면 될까요?"

"네가 어릴 적 입었던 게 가장 나을 것 같은데. 보아하니 남자아이여서 말이지."

"아, 네! 금방 다녀올게요."

당황스러웠지만 다른 사람들과는 다른 할머니였기에 준영은 굳게 믿고 있었다.

"물이랑 대충 죽 재료, 그리고….'

준영은 작게 중얼거리고 비교적 큰 가방에 물건들을 차곡차곡 쌓아 올렸다. 그리고는 자신의 옷장으로 다가서서 작은 크기의 옷을 찾기 시작했다.

"무얼 하냐?"

"어? 할아버지! 저 어렸을 적에 입었던 옷들 어디 두셨어요?"

준영의 할아버지가 잠시 생각한 뒤 확신이 찬 듯 말투에 억양을 넣어 말했다.

"아~. 그거 저기 다락에 있지. 근데, 그 작은 걸로 뭘 어쩌려고? 네가 입진 않을 것 아니냐."

준영은 급하게 다락으로 올라가면서 말을 얼버무렸다.

"아, 그거!! 쓸데가 있어요!"

준영은 다급하게 옷들을 대충 챙기고 가방에 넣은 뒤, 가방을 들고서 빠르게 달려갔다.

"할아버지, 다녀오겠습니다!"

달리고 달려 준영은 빠르게 달려 신당의 문을 열고 들어왔다.

"할머니! 저 왔어요! 이 정도면 될까요?"

"오, 꽤나 잘 챙겨 왔구나. 우선 옷은 내게 주고 먹을 것을 좀 만들어 주겠니? 아직 주방에 요리가 더디더구나."

"네. 죽이면 될까요?"

"그래."

신당에서 기도를 올릴 때 여러 날 묵거나 신내림을 받았다는 무당이 신당에서 살기 때문에 보일러나 가스 같은 것이 구비되어 있었다. 그러나 5년 정도 방치된 신당에 가스 사용이 가능하다는 것 자체가 말이 되지 않는다.

'이상한 게 한두 가지가 아니야….'

"근데요, 관리가 안 됐는데 가스가 되네요? 누가 쓰기라도 하나?"

월은 신을 신고서 준영에게 말했다.

"준영아, 잠시 앞에 좀 다녀올 테니까 애 깨면 바로 부르거라. 바로 요 앞이야."

"네, 조심하세요."

월이 문을 조심스레 열고는 아까 올 때 발견했던 신당 근처의 화단으로 향했다. 준영이 유심히 보았던 석산들과 작은 꽃들이 갖가지 비슷한 색들로 어우러지면서 화단을 이어 작은 온실을 이루었다.

"어찌 보면 꽤 즐거울 수도 있을 거라 생각해도 되겠지."

옅은 한숨 뒤로 월은 몸을 웅크려 약초를 찾았다. 보기 어려워도 효능은 좋은 여러 약초들이 뒤섞여 자라나고 있었다.

끝내 할 일을 마치고 신당에 다시 들어와 보니 준영이 죽을 끓이는 데에 열중하고 있는 모습이 문 틈새로 보이고, 안채에 누워있던 남자아이는 당황한 기색이 보였다. 그러나 월은 하늘의 신인 삼신, 아이들을 돌보는 신이다. 월은 인자한 미소를 지으며 소년에게 다가갔다.

"일어났구나. 해치지는 않으마. 널 도우려는 게야."

"…."

소년은 나긋나긋한 말소리에도 경계를 풀지 않았다. 어렸을 적부터 산에 홀로 들어와 살아온 것 같아 보였는데, 사람 하나 죽일

듯한 저 눈을 보면 역시 예측이 맞는 듯했다.

"저… 저리 가. 가… 가, 가버려!"

"오, 말을 깨우치다니, 꽤나 똑똑한 녀석인가 보구나."

아이의 불안함과 두려움이 섞인 말을 월은 사실을 가장한 농담으로 받아쳤다.

"용케도 몹쓸 말을 쓰지 않는구나. 네 눈을 보아서는 그런 말들도 알 것 같다만."

월이 아이의 옆자리에 앉았으나, 아이는 고개를 푹 숙일 뿐, 별다른 행동은 하지 않았다.

"건물이 버려진 이후로도 사람이 꽤 다녀간 모양이야? 그렇지?"

경계의 행동과 두려움의 눈빛, 어쩐지 아이에게는 행동보다도 눈으로 표현이 잘 되었다. 월이 일어나려 하자 동시에 아이가 움찔했다. 처음에는 피해의식을 느낀 것 같았으나, 그 후로 월이 발걸음을 옮기자 월의 긴 치맛자락을 잡았다. 가만히 흑호랑이를 주시했다.

월은 잠시 숨을 내몰아 쉰 뒤, 다시 아이를 내려다보았다. 사실 월은 좀 놀랐다. 불과 몇 분 전에 첫 대화를 나누었는데 신뢰가 생기다니. 월은 아이 속에 있는 요괴가 눈치채지 못하도록 금방 시선을 돌렸다. 간혹 안 속의 요괴들이 눈치를 채고 도망가 버리는 경우가 있기 때문이다. 눈치가 빠른 어둑시니[1]라든가.

"사람이 하는 말엔 발음으로 한계가 있을 텐데, 이런 책은 본 거니?"

"으, 으웅."

---

[1] 한국 민담에 등장하는 요괴이다. 어둑시니는 어둠을 먹으며 크고 작아진다.

월이 가리킨 그것들은 다름 아닌 짧은 장부, 그리고 동화책들이었다. 책들은 마음대로 책장으로부터 흐트러져 있었다. 월은 그 자리에 앉아 책을 살피면서 생각했다. 아이는 소리 소문 없이 월의 옆으로 와 자리를 잡고는 책장에 있는 나머지 책들을 찾아 꺼내 읽었다.

'아무래도 흑청호(黑淸虎)가 있었던 것으로 보아서는 이 아이가 맞는 것 같고, 아이가 흑청호(黑淸虎)를 보는 것도 그렇긴 한데 적월의 낌새가 물들어 있으니 어찌할 방도도 없어서.'

적월은 대역 죄인이나, 이승과 관련한 신의 업무는 청과 월이 관리하는 터라 월이 함부로 손을 댈 수 없다. 그리고 월과 적월은 한 곳에서 일하고 특히나 친우였기에 월의 마음은 편할 수 없었다. 아무리 친절하다 한들, 일 앞에선 엄중하고 죄인 앞에선 무자비한 청은 두 얼굴이라 해도 허언이 아니다.

"오셨네요? 그리고 일어나 있었네? 깨우신 거예요?"

"아니, 다녀오니 일어나 있었다. 죽은 다 되었니?"

"네, 좀 식어서 바로 먹어도 될 것 같아요."

낯선, 또 한 사람의 목소리가 들려오니 궁금한 얼굴로 고개를 들어 준영의 얼굴을 확인했다. 긴장이 풀려도 낯선 남성이라 두려운지 월의 소매를 쥐었다.

"준영이라고 해. 네 형 될 사람이다."

아이와 준영은 서로 당황하며 동시에 시선을 월에게로 돌렸다. 아이도 '형'이라는 것이 뭔지 이해한 것 같았다.

"음, 준영아 너까지 끌어들여서 미안하다. 하지만 나보다야 형이 있으면 더 좋지 않겠니?"

'요괴를 보내면 아이 홀로 남으니까, 준영이와 함께 있는 것이 훨씬 낫겠지.'

월의 말에 준영은 긍정의 의미로 미소를 지었지만 아이는 도통 무슨 말인지 갸웃거렸다. 식사를 하기 위해 상을 차렸지만, 산속에서 혼자 산 아이에게 그릇에 담긴 음식들과 수저는 너무나도 어색한 도구들이었다.

"일단 머리가 기니 머리를 좀 묶고…."

월은 뒤 화단에서 꺾어온 줄기가 긴 꽃으로 아이의 긴 머리카락을 허술하게 땋고, 위로 고정했다.

"우와, 예쁘게 잘 묶으시네요."

"우선! 이름부터 정하죠? 계속 '아이'라고만 할 수는 없으니깐."

"음… 뭐가 좋을지…."

"할머니가 지어주세요! 할머니가 한자도 잘 아시니깐 예쁘게 지어주실 수 있으실 것 같아요."

"현산이 좋겠구나. 순우리말인데 세상을 바로 살펴 풍요로운 영토를 만들라는 뜻이란다."

"되게 왕 같은 사람한테 쓸 것 같아요."

"혀는 현현 사안… 현사안."

산이는 이름을 되감으며 부르더니 이내 미소 지었다.

"오, 마음에 드나 봐요. 잘됐다."

"다행이네, 자 이제 밥을 들자."

"잘 먹겠습니다~."

모두가 수저를 들고 죽을 먹으려 했지만 산은 우물쭈물하며 월을 흘깃거렸다. 원래라면 무슨 음식이어도 손으로 먹었을 것이지만 지금은 상황이 다르다. 산의 앞에 있는 두 사람이 생전 처음 보는 것들을 사용하여 음식을 먹고 있기 때문이다. 다행히 월은 이를 눈치채고는 자리를 산 쪽으로 옮긴 뒤 '수저'라는 것에 대해 알려 주었다.

"이것을 숟가락이라 하는데, 손으로 쥔 다음에 손가락들을 이렇게 하면 편하게 먹을 수 있어. 이제 우리는 이 '수저'와 '그릇'으로 음식을 먹을 거야."

"수저를 이렇게 해서 요렇게! 맞아요?"

"옳지. 빠르게 익히는구나."

"할머니, 이제 드세요. 제가 볼게요."

"고맙구나. 산아, 형 말 잘 들거라. 치우는 것까지 내가 할 테니 책도 좀 읽어줘."

"네."

달그락 소리가 연신 울린 뒤 월이 주방에서 걸어 나왔다. 물로 젖은 손을 손수건으로 닦으며 나오고 있는 것을 산이 뚫어져라 바라보고 있었다.

"할머니, 잠시 집에 다녀오려고 하는데 산이 좀 부탁드려도 될까요?"

"음? 무얼 하고 오려고?"

"뭘 하고 오려는 건 아니고요, 이불이랑 옷 같은 거 좀 챙겨 오려고요. 생필품도 좀 사 와야 할 것 같고요."

"여기서 지내려고?"

월이 의외라는 듯 묻자 준영이 변명하듯이 빠르게 말을 꺼냈다.

"산이가 걱정되기도 하고, 할아버지도 회관 가서 지내시니까 상관도 크게 없고, 여기면 제 본업에도 충실할 수 있을 것 같아서요."

"그러렴."

준영은 신발을 신고 대문 앞으로 다다랐다.

"그럼, 다녀오겠습니다!"

"조심히 다녀와."

"자, 그럼 우리는 할 일을 따로 해볼까?"

"…?"

월이 결심한 투로 말하자 산은 월에게 시선을 돌리면서 갸웃거렸다.

월이 잠시 마당을 둘러보고 살피던 가방을 내려놓더니, 신을 신고 대문 옆에 기울어져 있는 대야로 다가갔다. 대야를 뒤집어 상태를 확인하고, 주방으로 들어가 호스를 집어 대야를 씻었다. 그러자 이끼들이 서서히 벗겨지기 시작했다.

"산아, 앉아있는 의자 가지고 이리 와보렴."

"…네"

월이 안채로 들어가고 가방을 들고선 산과 손을 잡고는 자신이 찾은 대야로 걸어갔다. 월이 산에게 의자를 내려놓으라 손짓하고 산이 곧이곧대로 월의 말을 들었다.

"옷은 이것으로 갈아입고 오렴."

월은 아까 준영의 가방에서 찾은 헐렁한 티셔츠와 바지를 주었다. 산은 옷을 그대로 받고 신당 안쪽으로 들어가 옷을 갈아입기 시작했다. 잠시 후 산이 옷을 갈아입고 나오자, 월은 옷을 받고, 아이를 들어 대야 안으로 넣었다. 옷을 입은 채로 들어갔지만, 나이 차이가 있어도 이성 관계이기에 옷을 입는 게 낫다고 월은 생각했다.

'딱 맞기는 해도 다음에는 쓰지 않을 것이니 괜찮겠지. 체형도 왜소한 편이라.'

월이 산에게 받은 옷을 정리해 바구니에 넣는 동안 산의 상태를 확인해 가며 생각했다. 곧이어 산이 물장난을 치고 월이 일어나자, 고개를 들어 월을 바라보았다.

"아래 냇가에 잠시 다녀올 텐데, 혼자 있을 수 있겠니? 오래 걸리진 않을 거야."

"네에."

산이 고개를 끄덕거리고 월은 손 인사 후 바구니를 들어 냇가로 향했다.

"갔다 오면 준영이가 와있으려나?"

냇가에 도착하고 월은 허리를 굽혀 씻는 물에 이제는 실밥이 다 뜯기고 터진 옷을 조심스럽게 문지르기 시작했다. 그러고는 아쉽다는 얼굴로 이내 다른 옷가지들을 골라 빨았다.

가을이 다 되어가는 무렵이었지만 차가운 시냇물에 월의 손은 금방 붉어졌다. 월이 냇물에 열심히 손을 휘젓는 동안 뒤쪽 풀숲에서 부스럭 소리가 나더니 사람의 형체가 드러났다.

"할머니! 뭐 하세요?"

"응? 준영이네, 벌써 다 가져왔니?"

"제 것이랑 부탁하신 건 다 가져왔는데 더 필요하신 건 없나 해서요."

"내가 여기 있는 건 산이가 알려줬니?"

"네, 물어보니까 답해줘서요."

준영의 격한 끄덕임에 월의 손에 고정된 시선이 흔들리는 것이 월의 눈에 잡히고 말았다. 그 모습이 귀여웠던지 월은 웃음을 터뜨렸다.

"왜 웃으세요?"

"아니, 그냥 내 손주 같고 이뻐서."

준영은 고개를 갸웃거리고는 다시 월의 손에 시선을 집중시켰다.

"아직 좀 남았죠? 나머지는 저 주시고 산이 보러 가세요."

"강물이 찬데, 그냥 준영이 네가 가보렴."

준영은 월의 손에 있던 빨랫감과 일거리들을 모두 월의 주변에서 가져가고는 월의 등을 떠밀며 월이 발걸음을 옮기길 재촉했다.

"그럼 물에 잠시 담갔다가 털고만 오렴. 길은 알지?"

"알았다니까요. 얼른 산이 봐주러 가세요."

준영과의 대화가 끝난 후 월은 거의 달리다시피 신당으로 걸어갔다. 티를 내지 않았을 뿐, 혼자 두고 온 산이 걱정되기도 했기 때문이다.

"하아, 하… 산아."

긴 시간 동안 삼신의 자리를 뜰 수는 없다. 분명 이별을 해야 하고, 산은 월을 잊을 것이다. 정을 줄 수는 없기에 거리를 두려 했지만 삼신의 직업정신이 있어 어지간히 힘든가 보다.

"아. 할무니."

산은 다행히 별 탈 없었는지 여전히 대야 안에서 몸을 구부린 채로 물장구를 치고 있었다. 달라진 점이 있다면, 물 위에 떠있는 오리 인형들, 분명 준영이 띄워주고 왔던 거겠지.

"다행이네, 후우… 몸은 불편하게 왜 쭈그리고 앉아있어?"

"오리들이 놀라고."

'아, 오리가 움직인다고 생각하는 건가. 하긴, 장난감은 책밖에 없어서 산속의 움직이는 것들을 많이 봤을 테지.'

"저 왔어요~."

뒤에서 준영의 목소리가 들리는가 싶더니 눈앞에는 옷가지들을 가득 담은 바구니만 있을 뿐이었다. 월이 곧이어 두리번거리자 준영이 고개를 내밀고 웃어 보였다.

"해가 짧다. 벌써 해가 지려고 하네."

"오늘 저녁 뭐예요? 저 감자 가져왔는데, 감자전 해주세요."

"그래, 먹으면서 얘기할까?"

월이 주방에 들어서고 한참 뒤 김이 모락모락 새어 나오는 접시를 들고 마루로 들어섰다. 준영이 가져온 감자와 부침가루로 만든 것이었다.

"와- 맛있겠다."

"젓가락으로 찢어줄 테니 산이는 조금만 기다려 줘."

"네에."

아직 젓가락질이 서툰 현산을 고려한 익숙한 행실, 과연 삼신이다. 월은 능숙하게 행동하며 준영에게 물었다.

"냇물은 차갑지 않더니?"

준영은 대수롭지 않다는 듯이 감자전을 간장에 찍지 않은 채로 입안에 넣어 먹고 말하기만 했다. 산 역시 월이 정성스레 찢어준 감자전을 열심히 먹고 있었다.

"마싯 써요."

어느새 비워진 커다란 접시를 보고 산이를 보며 준영과 월은 웃음을 터뜨릴 수밖에 없었다. 급하게 먹느라 옷에 묻은 기름이며 더 먹고 싶다는 산의 초롱초롱한 눈빛은 준영과 월을 위축되게 만들었다.

"하핳 끄윽… 다음에, 더 먹자 응… 크흡…."

너무 웃은 나머지 준영은 급기야 꺽꺽거리며 웃기까지 했다. 아무것도 모르는 산은 그저 갸웃거릴 뿐이다.

"자, 그럼 나는 치울 테니 둘은 쉬고 있어라."

"어, 도와드릴 건 없어요?"

월이 먼저 자리를 일어나고, 준영은 웃음을 멈추었다. 산은 월이 들고 일어난 빈 접시만을 응시했다. 아쉬움 가득한 눈빛과 함께.

"그럼, 아까 옷가지들을 잘 말릴 수 있도록 해주겠니? 빨랫줄이 여기 어디 있을 텐데…."

"저희가 찾을게요. 먼저 일하세요."

"그래."

월이 부엌으로 들어서고, 준영은 산을 먼저 챙겼다. 주변에 있는 휴지를 가져와 산의 입 주변에 있는 기름기들을 모두 닦아내 준 후 입을 열기 시작했다.

"산아, 형아랑 같이 빨래 널자."

"빨래를 널어?"

"음… 우선! 길고 얇고 튼튼한 줄을 찾아야 해. 같이 찾아볼까?"

"응! 나 알 것 같아!"

부엌 건너 뒤쪽 창고에 들어서고, 준영이 손에 잡히는 구식 전구를 켜자 '딸깍' 소리와 함께 낮고 넓은 공간이 환하게 밝혀졌다. 오래전 것인 데다 자주 사용하지 않아 성능이 그리 좋지 않았지만 나름 '전구'라는 물건의 쓰임새는 확연하게 수행했다.

"길고…, 얄… 븐 어, 튼튼한 줄! 저거!"

산이 준영의 말을 되풀이하며 물건을 찾았지만 그 줄은 빨랫줄이 아닌 전선이었다. 찾던 것이 아니긴 해도 비슷한 물건이니 산이 제대로 이해한 것이 맞다는 생각에 준영은 안도했다.

"이거는 전선이네, 먼지가 엄청 쌓인 걸 보아서는 안 만지는 게 좋겠어."

"어. 그럼 이거!"

산은 문 바로 옆에 세워져 있어 미처 보지 못했던 빨랫줄을 보고 줄을 가리키며 말했다.

"오, 그렇네! 덕분에 빨리하고 쉴 수 있겠다."

산과 함께 찾은 줄을 들고나와 쌓인 먼지를 깨끗하게 닦기 위해 준영은 휴지를 다시 찾기 시작했다.

"잠시만, 형 이것 좀 하고. 산아 저기 바구니 좀 들고 와줄래?"

"응! 저거 맞지?"

준영의 부탁에 호응한 산이 문 앞에 기울어져 있던 바구니를 가리켰다.

"응 저거 맞아. 좀 무거우니까 조심히 옮겨야 해."

"알았어."

바구니를 힘겹게 뒤뚱뒤뚱 들고 오는 산의 모습은 마치 오리 같았다. 준영은 흐뭇한 웃음으로 먼지를 닦은 빨랫줄을 고정시키고 있었다.

"이리 줘. 이제 형이 할게."

"감사합니다."

언어에 익숙지 못해 불확실한 산의 발음은 점차 나아가고 있었다.

모두가 한 일을 끝내고 난 후에는 해가 거의 저물고 어두워질 즈음이었다. 월은 산의 머리에 이제는 흐트러진 꽃들을 정리해 주었다. 향기로운 데다 꽃가지가 기울어져 있었으니 준영이 머리를 감아준 것일까.

"내일은 산이, 머리를 잘라볼까 한데."

"전 괜찮아요. 오후에는 함께 사진 찍어요. 산이는 어때?"

산은 월과 준영의 사이에서 먼저 잠을 자고 있었다. 그것을 본 둘은 소리 없이 웃을 뿐이었다.

다음 날 아침이 되어서 날이 밝자 월이 가장 먼저 일어났다. 해가 밝은 탓일까 널어놓은 빨래들은 모두 말라있었다. 월은 걸려있던 빨래들을 먼저 걷기 시작했다. 그 후, 준영과 산이 동시에 깨고는 물을 받아 세수를 했다.

"산아, 물 차갑지 않아?"

"괜찮아."

"머리카락이 거슬리네, 오늘 자르기로 했으니까, 조금만 참아."

그 새에 월은 빨래를 모두 개고 바닥에 종이를 깔아두고 있었다. 머리카락을 일찍이 자르려는 생각인 것 같았다.

"산아, 이리로 앉아볼래?"

"벌써 하시게요?"

"산이도 지루해할 거라서, 빨리하는 게 낫다고 생각해."

모든 준비 후에, 월은 산의 머리카락을 자르기 시작했다. 산은 처음 해보는 것이라 처음에는 불안해 보았지만 점차 괜찮아 보이며 준영과 책을 읽기 시작했다.

시간이 얼마나 지났을까, 월의 손은 멈추었고 준영은 가지고 있던 거울을 산에게 건네주었다.

"할머니 되게 잘하시네요? 미용 자격증 있으세요?"

"우와아아!"

산은 색다른 자신의 모습에 놀라기도 하면서 감격했다.

"어때? 나름 열심히 잘라보았는데."

"할머니, 인재신데요? 사진 찍어요. 산이 생에 첫머리 자른 날~."

준영이 개인 가방에서 폴라로이드 카메라를 주워들더니 행복한 얼굴을 지으며 웃었다. 자른 머리카락들이 나뒹굴고 있었지만 이것 또한 추억이라며 준영은 사진에 넣고 싶어 했다.

"사진 찍었어요! 그리고 저 선물 있어요."

준영은 자신의 폴라로이드 카메라를 꺼낸 가방으로 다시 가 작은 폴라로이드 카메라를 두 개 들고 왔다.

"짠! 이걸로 각자 찍고 싶은 거 찍는 거예요. 딱 냇가까지만, 뭐든지."

"이 카메라로 말이지? 산이는 아직 잘 모르니까 준영이가 함께 가서 봐주자."

월과 준영이 조건을 낼 때 이번엔 산이도 보태겠다는 마음으로 모두 찍고 식사를 하면서 서로의 사진을 공유해 소개하기로 한다는 조건을 제시했다.

"난 물고기 찍으러 가고 싶고, 꽃도 찍으러 가고 싶고. 아! 새도 찍을 거야. 새 둥지가 내가 아는 곳에 있어."

산은 들뜬 마음에 식사가 끝나자마자 준영의 손을 잡고 재빨리 냇가로 향했다. 남겨진 월은 이곳에 온 목적을 해결하기 위함이었다. 물론 아이들에게 보여줄 신당 내의 사진도 몇 장 찍어야 했다. 우선 월은 아직 보지 못한 안쪽 방을 조사하려 했다. 그러나 월은 잠이 들고 말았다.

"…?"

"아, 누이. 놀라셨습니까. 전해드릴 말이 있었기에 이리되었습니다."

"아아, 괜찮습니다. 전할 말이라는 것이 무엇인지…."

월의 눈앞에는 백야가 펼쳐진 천승, 그 앞에 청월이 있었다. 청은 월이 묻자 곧바로 얼굴이 어두워졌다.

"적월의 힘이 발현된 흔적을 찾았습니다."

"예?? 어디에서요?"

"아직 조사 중이라 말해 드릴 수도, 말 전할 것도 없습니다. 누이께서 이승에 계실 때 그 마을과 인접한 곳이라는 것밖엔···."

월은 당혹스러웠다. 내 친우가 대역죄인이었다는 것과 내 주위에 있다는 것까지 알고 있었던 것조차 월을 혼란스럽게 만들었다.

"조사는 언제 끝날 것 같습니까?"

"누이께서 무얼 바라시는 것인지는 모르겠으나 조사가 끝난 후 반 시진 뒤에 직접적으로 움직일 겁니다. 이 외에는 저도 더는 입을 열어드릴 수 없습니다."

"그런가요. 청도 수고가 많으십니다. 내 항시 응원하고 있겠습니다."

그 후로 월은 다시 이승으로 돌아왔다. 근데 어째서 월의 머리맡에는 나무판자가 아닌 것일까. 어째서 누군가의 손길이 닿고 있는 것인가.

"적월?"

"오랜만이야. 백월."

방금 일어난 탓일까, 정신이 온전치 못해 환각에 이어 환청마저 들린다. 백월은 자신 스스로 비참해 보일 뿐 었다.

"현산이라는 아이 때문에 내려온 거지? 그 아이라면 괜찮아, 내가 그 몸에···."

"그럴 리가···! 청도 아직 네가 어디 있는지 몰라. 이건 환각일 뿐인데···."

그 순간 월의 표정은 굳어버렸다. 보기만 해도 그가 생각나는 붉은 석산, 흑청호의 낌새를 눈치챈 것, 너무나도 쉽게 나를 신뢰한 것, 말과 글을 금방 깨우친 것. 모두 적월이 할 수 있는 것들이다.

'환각이 아니야. 저건 진짜 적월이야.'

"나를 찾기에 시간이 걸릴 것은 분명해. 이 마을의 모든 식물에 내 힘을 분산시켜 나누었거든. 네가 이런 일들을 싫어할 것은 알아."

"알면서 왜 그랬어? 왜 그릇된 선택을 한 거야?"

청은 조사 후 바로 움직인다고 하였으니 조사 시간까지 더하면 한 시진이 될 것이다. 딱 한 시진만 시간을 끌면 된다. 흘러내리려는 원망을 걸어 올리고서 이성의 끈을 되찾아야 한다.

"넌 알고 있었잖아. 나는 나만 잘 살면 된단 걸."

"산이는? 준영이는 어디에 있는데?"

시간을 끌기 위함이라고는 하나 아이들의 안전도 살펴야 한다. 빙의 후 있을 일은 사람마다 다르기 때문에 삼신이라면 걱정이 될 수밖에 없다.

"현산은 곧바로 잠들었고 준영이라는 이도 바로 재웠으니까 그쪽으로는 번거롭지 않을 거야."

눈물이 고이기 시작해 곧이어 흘러내린다. 아이들에 대한 안도감일 것이다.

"왜 바로 재운 거야? 이런 일까지 일으켰으면서."

"왜? 목숨이 위태롭길 바랐어?"

"삼신 앞에서 그런 말을 범한다는 것은 무슨 무례지?"

월이 대화를 목멘 소리로 대화를 잇자 적월은 일어나 앉으면서 장난을 치기 시작했다. 분위기를 풀자는 의도인 듯하다. 잠시 정적이 흐르자 적월이 먼저 말을 꺼냈다.

"백월, 너 시간 끌려고 이러는 거지?"

"…."

흠칫 놀란 월이 묵언하자 적월이 말을 이어나갔다.

"넌 거짓도 말하지 못하고, 연기도 못 하잖아."

"도망갈 거야?"

걱정스럽기도 하지만 바로 도망가지 않는 적월에 조금은 신뢰가 섞인 작은 목소리로 월은 물어보았다.

"도망갈 생각조차 없었다. 힘 분산시킨 것도 모두 그만두었으니 네가 생각하는 것보다 일찍 올 거야. 아마도."

"이럴 거면, 왜 도망친 거야? 하늘 위 신들 가지고 놀고 싶기라도 했어?"

"정답. 소원성취했으니 책임을 져야겠지?"

적월은 분명 나쁜 이가 아니다. 만약, 성품이 올곧지 못했다면 꽃감관이 되지조차 못했겠지. 천승에는 죄가 쌀 한 톨조차 없어야 발을 들일 수가 있다. 그저, 너무나도 바른길에서 조금의 일탈을 바랐던 것이다.

"나쁜 일을 해보니 몸에 맞지 않았던 거야? 네가 그럴 줄은 알았다만…."

으르렁-.

호랑이의 성난 소리가 들려와 두 월의 귓가에 스쳤다. 이윽고 푸른 기운이 드리운다. 그리고 분노의 찬 목소리.

"적월, 네 이놈! 감히 옥황상제 폐하를 농락하다니, 정녕 은혜도 모르는 머저리가 된 것이냐?"

"형에게 욕을 지껄이는 아우는 또 어떻고?"

청월의 눈가의 기운이 푸르다 못해 검어지기 시작했다. 크게 분노한 것을 알 수 있으므로, 둘 중 하나를 말려야 하는 것은 명백하다.

"적월, 책임을 지겠다지 않았나?"

"그래, 이번엔 내가 죄를 지었지. 허나 내가 마음만 먹어도 이 마음을 바꿀 수 있다는 것을 알고 있길 바란다. 아우야."

월의 제지에 흥분을 가라앉힌 청은 아직 여한이 있기 때문인지 갈라진 목소리로 받아쳤다.

"나 또한 마음만 먹으면 넌 바로 죽여버릴 수 있다는 것을 명심해라, 대역죄인."

"고작 이런 일로 시간을 끌고 있는 거냐. 청월."

흑월이 나타나면서 천승을 지탱하던 사월[四月]이 한자리에 모였다. 월이 말을 꺼내자 적월이 서운하단 투로 말했다.

"'고작'이라니요. 조금 서운하려 합니다. 흑월."

"이런 놈과 실랑이를 벌인다고 시간 낭비를 한 건 아니겠지?"

"와… 마음 바뀌려고 하는데."

"적월. 시간 끌지 말고 이만 가도록 해."

월은 차갑게 말하고 적월을 저승으로 보낸 후 준영과 산을 살폈다. 이들이 위험한 상태는 아닌 듯싶었지만, 다시 천승으로 돌아가야 하는 월에 대한 것들을 잊게 해야 하기 때문에 잠시 천승에 머물렀다.

"그리 위험한 상태는 아닙니다. 기억을 지우기만 하면 될 것 같은데."

"부탁이 있습니다. 천승에서는 눈을 뜨지 않게 해주십시오."

월이 대화를 하는 신은 의약감관으로, 천승 만물의 건강을 책임지고 있는 인물이다.

"어려운 부탁이 아니니 받겠습니다. 그 연유도 존중하지요."

둘의 대화가 끝나고 월이 먼저 자리를 뜨자 의약감관은 생각했다.

'만난 지 사흘도 되지 않아 이별을 고하다니, 석산에 비유할 정도로 이루어질 수 없는 운명인가 보오.'

그로부터 두 시진이 지나자 적월이 옥황궁에 가 처벌을 받을 수 있게 되었고, 그 결과는 꽃감관 자격뿐만 아니라 신이 되어 가졌던 힘을 모두 박탈한 후 환생시키자는 것이었다.

"꽃감관 적월은 천승의 사월(四月)뿐만 아니라 저승의 만물을 농락한 죄 및 이승의 질서를 무너뜨렸으므로 관직을 박탈한 채 환생시킨다!"

"환생이라는 것은 큰 죄를 물어주는 벌이기도 하다만, 다시 잘못을 깨우칠 수 있게 만드는 기회이자 매우 큰 죄를 지은 자들을 처벌하기 어려울 때 내리는 방편과도 같다."

"그럼 모든 죄인을 그냥 환생시키면 안 되나요?"

"'환생'이라는 것은 최후의 방안이야. 그 이하의 죄인들은 저승의 지옥에서 처벌하니 '환생'이라는 형벌은 보기 드물다. 이것이 내 마지막 가르침이니, 새겨듣도록 하여라."

월은 적월의 환생 조치에서 나흘 후, 환생하게 되었다. 월의 삼신 자리는 월이 몸을 빌렸던 후대 삼신이 물려받게 되었고 이 가르침은 월의 마지막 가르침이 되었다.

"그럼 스승님, 스승님께서도 큰 죄를 지어 환생하시는 겁니까?"

"잘 모르겠구나, 아마 나도 적월 다음으로 큰 죄를 지은 거겠지."

책방에서 마지막 가르침을 주던 월은 쓸쓸한 표정으로 산과 준영이 잠들어 있는 의약방 쪽을 바라보았다.

월이 환생한 지 열닷새가 지나고 새로운 꽃감관 임명식이 한창일 때, 옥황궁 안쪽에 있는 삼신의 초상을 보고 있는 작디작은 이.

"누구인지 아는가?"

"옥황상제 폐하. 이전 삼신으로 알고 있습니다."

"그뿐인가?"

"송구합니다. 그 외엔⋯."

"역시 기억하지 못하겠지. 굳이 기억하지 않아도 괜찮고 말이야."

"무슨 말씀이온지 잘⋯."

"임명식이나 가지."

옥황상제는 아이를 옥황궁으로 보내고 월의 초상을 바라보았다. 하지만 그것도 잠시, 이내 뒤를 돌더니 아이를 따라 걸어간다.

"나 옥황상제가 명하노니 현산은 이승의 이름을 버리고 홍월(紅川)의 호를 받아 꽃감관으로 즉위하라."

"옥황상제 폐하의 명을 받습니다."

그 후 궁 안팎으로 큰 함성이 울리고, 밤이 되어서는 축제가 열렸다. 그리고 다시 삼신의 초상으로 걸어갔다.

"잊을 수 있을 리가 없잖아요. 할머니."

작가의 말

　나는 항상 취미로 혼자 글을 쓰거나 머릿속으로 구상만 했지, 이런 정식적인 절차를 밟아 소설을 쓴 적은 없다. 그래서 사람들이 내 글을 읽는 게 부담스럽기도 하다. 하지만 이 활동을 하면서 내 글쓰기 실력을 개선할 수 있었고 새로운 방법도 알 수 있었다. 앞으로도 혼자서 뿐만 아니라 여러 활동에 참여해 나의 꿈을 키우고자 한다. 나는 나의 목표가 확고하지 않을 때는 '나를 위해서'가 아닌 '남을 위해서'라고 생각한다. 사람의 특성상 남을 위한 것에 더욱더 신경을 쓰기 때문이다. 좋은 생각이 아닐지 몰라도 나는 남이 흔하게 쓰는 방식보단 나만의 가장 적합한 방식을 추구한다. 그러므로 나는 모든 일에 최선을 다해 일을 해내고자 한다.

　이 소설은 내가 본 한 이야기에서 변형되고 변형되어 나온 결과물이다. 나는 이 소설을 '길을 만들기 위한 과정'이라고 생각했다. 길을 위한 틀을 잡고, 편하게 갈 수 있도록 블록을 까는 것까지가 글을 쓰는 과정이라고 생각한다. 글쓰기에는 이 외의 여러 과정이 필요하지만 간추려서 표현한 것과 같다. 일단 글쓰기에 이렇게 두 가지 과정이 있다고 가정했을 때, 나는 한 가지를 더 추가하고 싶다. 길 주위에 예쁜 화단을 만들고, 가로등과 가로수를 세운 다음에 길옆에 벽화를 칠하는 것이다. 이것은 디테일을 추가하는 것이다. 나는 글이나 영상 매체 등에서 남들이 해석하지 못할 숨겨진 디테일을 좋아한다. 좋아하는 것 이상일지도 모른다. 글의 어떤 요소나 엑스트라에 연관성을 주거나 이야기가 끝난 후의 이야기까지 구상해 놓는다.

이 소설에서 찾아본다면 '현산'의 이름 뜻은 '세상을 바로 살펴 풍요로운 영토를 만들라.'라는 뜻이었다. 이것은 나중에 홍월이 되어 꽃감관이 되었을 때 꽃들을 굽어살피라는 뜻인 데다가, 이야기가 끝난 한참 후에 현산이 옥황상제가 되는 결말을 가리켰다. 나는 이 소설에서 이런 작은 설정을 표현하고 싶었다.

마지막으로 이 글을 쓰면서 '작가'라는 꿈을 찾게 되었다. 작가라는 꿈이 불분명한 사람들이 글을 쓰면서 꿈을 찾으면 좋을 것 같다.

나는 책을 읽을 때 작가의 말을 잘 읽지 않는다. 그러나 내가 작가의 말을 쓰면서 전해주고 싶은 말이 있다는 것을 느꼈다. 앞으로는 책을 읽을 때 작가의 말을 꼭 읽어봐야겠다.

나의 꿈

최아연

    내 이름은 이유림. 나의 꿈은 무엇일까? 어른들은 나보고 아나운서를 해야 하는 게 아니냐고 묻는다. 내가 발음도 좋고 예쁘다고 아나운서를 해도 좋을 것 같다고 말했다. 나는 학교 방송부 아나운서이다. 재미는 있었지만 하다 보니 힘들었다. 아나운서라는 직업이 정말 나에게 어울리는 직업일까? 저번에 나의 친구들은 요리사가 잘 어울린다고 했다. 요리도 잘하고 요리하는 모습이 멋있다고. 요리사를 해도 좋을 것 같다.

    나의 꿈은 무엇일까? 무슨 일을 해야 재미있을까? 무슨 일을 해야 행복할까? 난 고민이다. 정말 내가 하고 싶은 것이 무엇일까? 학교에 가서 친구들은 어떤 꿈을 가지고 있는지 물어봐야겠다. 학교에 가는 동안에도 생각에 잠겨있었다.

"애들아, 안녕."

"안녕, 유림아."

이제 친구들은 어떤 꿈을 꾸고 있는지 친구들의 꿈속으로 들어가 봐야겠다. 일단 현욱이의 꿈은 프로게이머. 평소에 현욱이는 게임을 즐겨 한다. 현욱이는 평소에는 개구쟁이지만 게임을 할 때는 눈빛이 확 바뀐다. 그리고 연수는 디자이너. 평소에 다른 사람 옷을 코디하는 것을 좋아하고 만드는 것을 좋아한다. 이서는 제빵사. 서윤이는 교사. 친구들은 좋아하는 것과 관련된 직업을 꿈꾸고 있다. 학교가 끝난 후 운동장에서 축구부를 보았다.

"저 사람들은 좋겠다. 꿈이 정해져 있어서."

'난 언제쯤 좋아하는 걸 하고 꿈을 이룰 수 있을까?'

학원에 도착해서 수업을 듣고 수업이 끝난 후 학원 선생님에게 말했다.

"선생님, 저의 꿈은 무엇일까요?"

그러자 선생님이 말씀하셨다.

"유림아, 꿈은 네가 행복하고 관심 있는 분야의 꿈을 가져야 해."

"선생님, 제가 행복하고 재미있고 관심 있는 분야가 뭔지 모르겠어요."

"왜 없어? 너 춤추고 노래하는 거 연기하는 거 있잖아."

'춤, 노래, 연기와 관련된 꿈이 뭐가 있을까?' 고민했다.

'무엇이 있을까.'

"선생님, 춤, 노래, 연기와 관련된 직업이 뭐가 있어요?"

"연예인, 연예인이 있잖아. 너한테 딱 맞는 직업이네."

"선생님, 감사합니다!"

학원을 마치고 집으로 가는 길에도 계속 생각했다.

'연예인이라는 꿈이 나랑 잘 어울릴까?' 집에 도착해서 가방을 정리하고 엄마에게 가서 말했다.

"엄마, 나는 어떤 직업이 잘 어울려?"

엄마가 답했다.

"너는 아나운서나 댄서? 그냥 네가 하고 싶은 거 해. 엄만 네가 행복하기만 하면 어떤 직업이든 다 괜찮아. 넌 뭘 하고 싶은데?"

"나도 내가 진짜 하고 싶은 게 뭔지 잘 모르겠어."

"그럼 네가 하고 싶은 걸 다 도전해 봐."

엄마의 말을 듣고 방으로 들어가서 깊이 고민해 봤다.

'아나운서? 요리사? 댄서? 연예인? 무엇을 해야 할까?'

유림이는 아나운서 연습을 해봤다.

"안녕하십니까. 저는 아나운서 이유림입니다. 요즘 환절기 때문인지 사람들이 감기에 많이 걸리고 있습니다. 모두 감기 조심하시고 건강 잘 챙기시기 바랍니다. 지금까지 아나운서 이유림이었습니다."

다음은 요리사 연습을 해봤다.

"엄마, 오늘은 내가 저녁밥 할게."

칼질도 예쁘고 멋있게.

뚝딱뚝딱 만들다 보니 완성했다.

"짜잔! 요리사 이유림의 맛있는 오므라이스 나왔습니다."

다음은 댄서. 3분에서 4분 사이의 곡에 맞춰서 멋있게 춤을 췄다.

"이것도 괜찮은 것 같고."

이것저것 연습해 봤다.

'모든 직업이 힘들긴 했지만 재미있었다.'

이제 정해진 것 같다.

"좋았어, 나의 꿈은 요리사야!"

나는 오늘부터 요리사에 관한 영상도 보고 할 수 있는 것을 해보려고 노력할 것이다.

"내가 좋아하는 당근케이크를 만들어 봐야지."

레시피를 보고 열심히 만들어 보았다.

"짜잔! 당근케이크 완성! 엄마 와서 먹어봐."

"유림아, 너무 잘 만들었다. 엄청 맛있어."

"그렇게 맛있어? 내가 다음에 또 만들어 줄게."

요리를 끝내고 방에 들어가서 쉬었다. 난 생각했다.

'요리사도 힘든 직업이야. 나에게 정말 맞는 일인가?'

깊이 고민하다가 잠이 들었다.

"어라, 이게 뭐지? 내가 요리사야!"

"다음 순서 이유림 요리사를 만나보겠습니다."

"안녕하세요. 요리사 이유림입니다."

"자, 요리사님 지금부터 준비해 주신 요리를 해주세요. 제한시간은 1시간입니다. 지금부터 시작!"

요리를 뚝딱뚝딱 만들었다.

"이유림 요리사가 1분을 남기고 완성했습니다. 지금부터 전문가

분들의 시식이 있겠습니다."

"불합격!"

"불합격!"

"불합격!"

"으악, 이게 뭐야."

이 모든 것은 꿈이었다.

"어떡하지, 요리사는 못하겠어."

그럼 무엇을 할까 고민했다.

"찾았다. 내 꿈은 지금부터 아나운서야."

"오늘부터 아나운서와 관련된 연습을 하고, 방송부 활동도 더 열심히 해야지."

선배가 와서 말했다.

"유림아, 오늘은 방송부 와야 해."

"네."

나는 방송실로 천천히 걸어갔다.

"유림아, 바로 방송 시작하자."

"네."

"시작."

"안녕하십니까. 지금부터 아침방송을 시작하겠습니다. 각 반에서는 TV를 켜주시기 바랍니다."

"유림아, 너무 잘했어. 역시 너다워."

아침방송을 잘 끝내고 반으로 갔다.

"유림아, 네가 방송을 이렇게나 잘하는 줄 몰랐어."

"너 오늘 좀 멋있었다."

친구들에게 칭찬을 받으니 기분이 좋았다.

학교가 끝나고 집에 와서 엄마에게 오늘 있었던 일에 대해 말했다. 엄마도 잘했다고 칭찬해 주셨다. 밥을 먹고 방에 들어가서 일기를 썼다.

「오늘은 아나운서에 관해서 많이 알아보려고 노력했다. 오랜만에 칭찬도 받으니 기분이 좋았다. 하지만 조금 힘들었다.」

일기를 다 쓰고 양치를 하고 조금 놀다가 잠을 잤다.

"어라, 이게 뭐지? 내가 아나운서라고?"

이번에는 아나운서가 되었다.

"이유림 아나운서, 녹화 시작하겠습니다."

"네."

"속보입니다. 어제저녁 ○○식당에서 불이 났습니다. 다행히도 인명 피해는 일어나지 않았습니다. 여러분들도 언제나 화재 주의하시기 바랍니다. 지금까지 아나운서 이유림이었습니다."

"유림아, 너무 잘했어. 내일도 오늘처럼 잘해보자."

"네."

다음 날 아침이 밝았다.

"오늘도 열심히 해야지."

"안녕하십니까."

"그래, 안녕. 유림아, 잠깐 이야기 좀 하자."

유림이는 무슨 일인지 궁금했다.

"유림아, 잠깐 앉아봐."

"네."

"유림아, 너 얼굴은 예쁜데 발음이 이상하다고 댓글이 너무 많이 달려서."

"저 잘할 수 있어요. 한 번만 믿어주세요."

"그래, 다음부터 더 잘해보자."

"감사합니다."

유림이는 자신에게 많이 실망했다.

"내가 잘할 수 있을까?"

다음 날이 지나고 그다음 날이 지나갔다.

"유림아, 너는 아나운서에 재능이 없는 것 같아."

"네. 죄송합니다."

'나는 잘할 수 있는 것이 없을까.'

"으악, 이게 뭐야."

이번에도 꿈이었다.

"하, 어떻게 하지."

유림이는 걱정했다.

"이것도 못할 것 같아."

유림이는 고민했다.

"음, 나의 꿈은 이제 아이돌이야."

이번에는 아이돌이라는 직업을 선택했다.

"이번에는 꼭 이룰 거야."

유림이는 춤 연습을 했다.

"이 부분이 잘 안 되니까 더 연습해야겠다."

유림이는 열심히 연습하다가 잠이 들었다.

"이게 뭐지?"

"얘들아, 이제 준비해. 나가야 해."

"네."

유림이는 준비를 해서 차에 탔다.

"얘들아, 오늘 중요한 무대인 거 알지? 열심히 해보자."

"네."

유림이와 멤버들은 대기를 하면서 열심히 연습했다.

"얘들아, 우리 여기 한 번만 맞춰보자."

"네. 좋아요."

이제 유림이와 멤버들의 차례가 되었다.

"얘들아, 열심히 해보자."

"스탠바이."

유림이와 멤버들이 무대에 올라가서 준비한 것을 했다.

'이게 뭐지? 지금까지 겪어본 일들 중에 제일 재미있어.'

유림이는 즐겁게 무대를 끝냈다. 유림이는 꿈에서 깼다.

"나는 이제 아이돌이 되기 위해 노력할 거야."

유림이는 어떻게 해야 더 잘할지 생각했다.

"음, 계획표를 짜봐야지."

유림이는 계획을 짰다.

"이제부터 계획대로 할 거야."

유림이는 이제 계획대로 행동하기로 했다.

"우선 춤 연습을 해야겠어."

유림이는 2시간 동안 춤 연습을 했다.

"이 부분이 좀 부족한 것 같으니까 더 연습해야지."

유림이는 부족한 부분을 찾아서 열심히 연습했다.

꿈이 생긴 유림이는 그 꿈과 관련된 영상도 찾아보고 노력을 많이 했다.

"난 정말 아이돌이 되고 싶어."

유림이는 엄마에게 아이돌이 되고 싶다고 말했다.

"엄마, 나 꿈을 찾았어."

"그래? 꿈이 뭔데?"

"나 아이돌이 되고 싶어!"

"그래, 도전해 봐."

유림이는 엄마에게 말하고 댄스학원과 보컬학원을 다니기로 했다.

"유림아, 월요일이랑 수요일은 댄스학원 가고, 화요일이랑 목요일은 보컬학원 가면 돼."

"고마워, 엄마."

월요일이 되어 유림이는 댄스학원을 갔다.

"다녀오겠습니다."

유림이는 댄스학원에 도착했다.

"안녕하세요."

"네가 유림이구나."

"네, 잘 부탁드립니다."

"일단 댄스실로 가보자."

"네."

유림이는 선생님과 함께 댄스실로 갔다.

"일단 기초 실력부터 볼까?"

"네."

노래가 몇 초 뒤에 나왔다. 노래를 불렀다.

"유림아, 너무 잘한다."

"감사합니다."

"조금 더 보여줄 수 있겠니?"

"그럼요."

"그럼 조금 더 어려운 노래를 해보자."

"네!"

조금 더 어려운 노래가 흘러나왔다. 박자가 빠른 음악에 맞춰 유림이는 춤을 췄다. 노래가 끝나고 난 뒤 선생님의 평가가 이어졌다.

"유림아, 바로 공연 나가도 되겠는걸!"

"헉, 감사합니다."

"넌 학원을 다니지 않았는데 왜 이렇게 잘하니?"

"저는 꿈을 이루기 위해서 열심히 노력했어요."

"꿈을 위해서 그렇게까지 노력하는 너의 모습이 보기 좋은 것 같아."

"감사합니다."

"A반에서 수업하자."

"네!"

이 학원에서 A반은 실력이 좋은 아이들이 있는 반이다.

"오늘은 반에 가서 친구들을 만나고 가자."

"네."

유림이는 설레고 떨리는 마음으로 반으로 향했다.

"여기가 A반이야."

유림이는 문을 열고 반에 들어갔다.

"애들아, 이 친구는 오늘부터 함께 연습할 유림이야."

유림이는 떨리는 목소리로 인사를 했다.

"안녕, 나는 이유림이야. 만나서 반가워 친하게 지내자."

유림이가 인사를 하자 친구들도 반갑게 인사를 해줬다.

친구들과 이야기를 나누고 유림이는 집으로 왔다.

"유림아, 오늘 수업 재미있었어?"

"응, 친구들 성격도 좋고 선생님도 친절해서."

"그래. 재미있게 수업해 봐."

"응."

그렇게 하루가 지나고, 다음 날이 되었다.

"유림아, 오늘 학교 수업 끝나고 보컬학원 가."

"응."

유림이는 학교 수업이 끝난 뒤 신나는 마음으로 보컬학원을 갔다. 보컬학원에 도착해서 선생님과 이야기를 나누고 기초실력 테스트를 했다.

"유림아, 마음 편하게 너의 실력을 보여줘."

"네."

반주가 시작되었다. 유림이는 차분하게 자신의 실력을 보여주었다. 노래가 끝난 뒤 선생님의 평가가 이어졌다.

"유림아, 실력이 좋은 것 같네. 너의 노래에서 네가 얼마나 열심히 노력했는지 알 수 있었어."

"감사합니다."

유림이는 보컬학원에서도 좋은 평가를 받았다.

"유림아, 여기서 조금만 더 연습하면 실력이 더 좋아질 것 같아. 우리 열심히 연습해 보자."

"네."

유림이는 댄스학원과 보컬학원을 꾸준히 다니면서 실력을 키워나갔다.

"유림아, 너 오디션 봐볼래?"

"네, 좋아요."

유림이에게 좋은 기회가 왔다. 유림이는 오디션을 잘 보기 위해서 원래 연습하는 것보다 더 열심히 연습했다. 댄스학원 선생님이 말했다.

"유림아, 많이 힘들지? 이제 오디션 얼마 안 남았으니까 조금만 더 힘내자."

"네. 선생님."

유림이의 오디션 날이 점점 다가올수록 유림이는 합격하기 위해 열심히 노력했다.

"조금만 더 열심히 해봐야겠다."

유림이의 오디션 날이 3일 남았다. 유림이는 오디션 날이 다가오는 만큼 더 열심히 연습했다.

"유림아, 이제 오디션 날이네. 네가 열심히 연습한 만큼 잘하고 와. 넌 할 수 있어."

"네. 선생님, 저도 최선을 다해서 하고 올게요."

유림이가 기대하던 오디션 날이 다가왔다. 유림이는 긴장했지만 열심히 하려고 노력했다.

"이유림 들어오세요."

유림이의 순서가 다가왔다.

"자, 시작하세요."

"네."

유림이는 떨렸지만 최선을 다해서 연습한 만큼 보여주었다.

"혹시 프리스타일로 한 번 더 춤을 볼 수 있을까요?"

"네."

유림이는 심사위원이 춤을 한 번 더 요청하셔서 노래에 맞춰 춤을 췄다. 노래가 끝이 나고 심사위원의 평가가 이어졌다. 유림이는 긴장했다. 유림이는 생각한 것보다 춤을 잘 추진 못했지만 최선을 다했기 때문에 만족했다. 오디션이 끝나고 댄스학원 선생님께서 말씀하셨다.

"유림아, 오늘 어땠어?"

"음. 생각한 것보다 춤을 잘 추진 못했지만 끝까지 노력했기 때문에 후회하지는 않아요."

"그래, 끝까지 최선을 다해서 노력했으면 됐어."

"네."

"결과는 나오면 말해줄게."

"네."

유림이는 집으로 와서 생각했다.

'연습을 조금만 더 열심히 했으면 내가 더 만족할 수 있는 무대를 만들 수 있었을까?'

유림이는 연습을 열심히 하지 않아서 자신이 만족하는 무대를 만들지 못한 것 같아서 아쉬워했다. 하지만 유림이는 오디션에 합격하지 않아도 다음에 더 열심히 해서 좋은 결과를 받기로 하였다. 이때 선생님께서 연락이 왔다.

"유림아, 오디션 본 회사에서 네가 끝까지 노력하는 모습이 보기 좋았나 봐. 회사에서도 너의 노력을 봐주어서 이번 오디션에 합격했어."

"헉, 정말로요?"

"그래, 회사에서 따로 연락하니까 연락받고 열심히 해봐."

"네, 선생님. 저에게 좋은 가르침을 주셔서 감사합니다."

"유림아, 포기하지 말고 너의 꿈을 끝까지 쫓아가. 힘들면 언제든지 연락해."

"네, 선생님, 감사합니다."

유림이는 오디션 합격 소식을 듣고 기뻐했다. 얼마 뒤 회사에서 연락이 왔다. 유림이는 손을 떨며 전화를 받았다.

"여보세요."

"네, 저는 우주회사 직원 우수현입니다. 이번 오디션에 합격하셔서 연락드립니다. 혹시 내일 회사에 오실 수 있나요? 회사에 대한 내용과 같이 연습할 연습생을 소개해 드리려고 합니다."

"네, 당연히 갈 수 있습니다."

"그럼, 내일 오후 2시까지 회사로 와주세요."

"네, 알겠습니다."

유림이는 내일 오후 2시까지 우주회사로 가서 회사에 대한 내용과 연습생들을 만나기로 하였다. 유림이는 밤새 우주회사에 가서 다양한 것을 할 생각에 들떠있었다. 유림이는 들떠있는 마음으로 잠을 자고 다음 날 아침에 일어나 준비를 하고 우주회사로 출발했다. 우주회사에 도착하니 2시가 되었다. 2시가 되니 회사건물에서 한 남자가 나왔다. 한 남자가 한 걸음씩 유림이에게 다가왔다. 유림이에게 다가와서 말을 했다.

"이유림 씨 맞으시죠?"

"네."

"저는 어제 연락드렸던 우수현입니다."

"네, 안녕하세요."

"일단, 회사 안으로 들어가서 이야기를 나누어 볼까요?"

"네."

유림이는 회사 안에서 우수현 직원과 팀장님과 이야기를 나누기로 하였다. 회사 안으로 들어가자 팀장님 같이 보이는 한 사람이 서 있었다.

"안녕, 유림아."

팀장님처럼 보이는 한 사람이 내 이름을 부르며 인사를 해주었다.

"안녕하세요."

"나는 우주회사에서 팀장으로 일하고 있는 김리하라고 해."

"저는 이번에 우주회사에 들어오게 된 이유림입니다."

"유림아, 혹시 여기 들어오게 된 계기가 무엇인지 알려줄 수 있니?"

"네, 당연하죠. 저는 꿈을 찾고 있었어요. 처음에는 아나운서를 하고 싶어서 노력했지만 실패했어요. 그러다 두 번째로 도전한 요리사에도 실패하고 실망하고 있을 때 아이돌 영상을 보게 되었어요. 그때 전 생각했어요. 이게 바로 내가 원하던 꿈이구나."

"그렇군. 꿈을 찾기 위해 노력하고 결국엔 꿈을 찾는 모습이 보기 좋네."

"감사합니다."

"근데 아이돌 영상을 보자마자 이게 자신의 꿈이라는 것을 어떻게 알았어?"

"저는 아이돌 영상을 보고 제가 저 일을 하면 어떨까 생각해 봤는데 무대에 서서 노래하고 춤추는 게 즐거워 보였어요."

유림이는 우수현 직원과 김리하 팀장이랑 이야기를 나누고 연습생들과의 만남을 가지기로 하였다. 유림이는 연습생들이 있는 연습실로 갔다.

"안녕하세요. 이번에 새로 들어오게 된 이유림이라고 합니다."

유림이는 떨리는 목소리로 자기소개를 했다. 유림이가 인사를 하자 연습생들도 반갑게 인사를 해주었다.

"안녕하세요. 저는 우주회사에서 4년 동안 연습생 생활을 하고 있는 천예은입니다. 앞으로 잘 지내봐요."

연습생들과 인사를 다 나누자 팀장님이 말했다.

"유림아, 오늘은 인사만 하고 내일부터 연습을 하자."

"네."

우주회사를 갔다 오고 다음 날이 되었다. 유림이는 연습실로 향했다.

"안녕하세요."

유림이는 연습생들과 인사를 나누고 연습을 시작했다. 연습을 시작한 지 벌써 2시간이 되어간다. 그때 선생님께서 말했다.

"애들아, 우리 좀 쉬고 하자."

"네."

연습을 하고 쉬고 있을 때 천예은 언니가 나에게 말을 걸었다.

"유림아, 많이 힘들지? 힘들어도 열심히 해서 꼭 같이 데뷔하자."

"조금 힘들긴 한데 괜찮아요. 우리 꼭 열심히 노력해서 같이 데뷔해요."

"그래, 꼭 같이 데뷔하자."

"네."

유림이는 충분한 쉬는 시간을 가지고 새벽까지 연습을 하다가 집으로 갔다.

그다음 날도 연습을 하러 갔다.

"안녕하세요."

"그래, 안녕."

연습생들이 다 모이고 실장님이 와서 이야기했다.

"얘들아, 다다음 주에 평가전이 있을 거야. 그러니까 모두 몸 관리 잘하고 연습 많이 하고 좋은 결과가 있기를 바란다."

유림이는 연습생이 된 후 평가전은 처음이라서 떨렸다. 유림이는 평가전을 잘 치기 위해 땀에 흠뻑 젖을 정도로 열심히 연습했다. 그렇게 많은 연습을 하고 드디어 평가전의 날이 왔다. 앞에 연습생들이 차례가 지나고 유림이의 차례가 왔다. 유림이는 떨렸지만 최선을 다했다. 유림의 평가전 무대가 끝나자 평가가 이어졌다.

"유림이는 처음 왔을 때보다 실력이 떨어진 것 같구나. 이번에 제대로 했니?"

"네, 연습 많이 했는데."

유림이는 연습을 많이 했는데도 결과가 좋지 않아 속상했다.

평가전이 끝이 나고 하루 뒤에 결과가 발표되었다. 유림이에게 안 좋은 소식이 전해졌다.

"유림이는 1차전 평가 탈락이다. 네가 처음 들어왔을 때보다 실력이 많이 떨어진 것 같구나."

"네."

"2차전 평가 때 잘해보도록."

"네. 열심히 하겠습니다."

유림이는 2차전 평가까지 망치면 더 이상 연습생 생활을 할 수 없었다. 그래서 유림이는 새벽까지 혼자 연습을 하다가 잠을 잤다.

유림이는 탈락위기에서 벗어나기 위해 노력했다.

"자, 모두 모여. 내일 2차전 평가가 있다. 1차전 때 못했던 친구는 이번에 잘해보도록."

"네."

유림이에게 기회가 왔다.

'이번에는 꼭 합격해서 데뷔 조에 들어가야지.'

유림이는 굳게 다짐했다.

기다리고 기다리던 평가전 날이 되었다.

"다음 번호 들어오세요."

"네."

"바로 시작하세요."

유림이는 그동안 보여주지 못했던 완벽하고 멋진 무대를 보여주었다.

"유림아, 이번 평가는 진짜 잘했다. 연습 몇 시까지 했니?"

"새벽 3시에서 4시 사이까지 연습했어요."

"진짜 열심히 했구나."

"연습할 때 어떤 기분으로 했어?"

"이번에는 꼭 성공해서 부모님 기쁘게 해드리고 싶다는 생각으로 했어요."

"그래, 유림아, 잘했고 수고 많았어."

"네."

유림이는 열심히 노력해서 좋은 결과를 받았다는 사실에 기분이 좋았다. 평가전이 끝나고 천예은 언니와 이야기를 나누었다.

"유림아, 오늘 너무 잘했어. 네가 노력한 게 눈에 보였어. 오늘 정말 수고했어."

"언니 덕분이야. 옆에서 늘 힘이 되어줬잖아. 고마워."

"내가 힘이 되었다 하니까 좋네. 앞으로도 열심히 잘해보자."

유림이는 천예은 언니와 충분한 이야기를 나누었다.

"애들아, 이제 마지막 평가전이다. 이 평가도 합격하면 데뷔조에 들어간다. 이번 평가전도 열심히 하길."

"네."

데뷔조에 들어갈 수 있는 마지막 평가전이 시작되었다. 연습생들은 이 평가를 합격하기 위해 열심히 연습을 한다. 유림이도 데뷔조에 들어가기 위해서 매일 천예은 언니와 함께 연습하기로 하였다.

"유림아, 내일 아침 8시까지 연습실로 와. 우리 같이 연습하기로 했잖아."

"응. 알겠어. 내일 보자."

다음 날 유림이는 연습을 하러 연습실로 갔다. 연습실에 도착하니 예은이 언니가 먼저 연습을 하고 있었다.

"예은이 언니, 안녕."

"유림이 왔구나. 안녕."

유림이는 천예은 언니와 함께 연습하고 쉬는 시간을 가졌다.

"유림아, 너 너무 잘하는 거 아니야?"

"아니야. 언니가 더 잘하는걸?"

"유림아 혹시 박시윤이랑 박지윤 알아?"

"응, 들어봤어. 쌍둥이 아니야?"

"응, 맞아. 혹시 내일 같이 연습해도 될까?"

"응, 난 상관없어."

"그럼 내일 같이 연습하는 거다."

"응."

"이제 우리도 연습 조금만 더 하고 가자."

"응. 알겠어."

유림이는 천예은 언니와 연습을 더 하고 집에 갔다.

다음날 쌍둥이 언니들과 예은이 언니와 연습을 했다.

"여기는 이유림이야. 인사해."

"안녕, 유림아."

"안녕하세요."

"그럼 우리 연습해 볼까?"

"응. 좋아."

유림이는 연습을 다 하고 예은이 언니와 물을 마시러 갔다.

"유림아, 오늘도 수고했어."

"언니도 수고 많았어."

유림이는 예은이 언니와 함께 물을 마시던 도중 어떤 이야기를
듣게 되었다.

"넌 이유림 어때? 난 좀 별로."

"그니까 계속 잘한다 잘한다 하니까 진짜 잘하는 줄 아나 봐."

"그러니까."

유림이는 쌍둥이 언니들이 욕하는 것을 듣게 되었다. 그걸 듣고
예은이 언니가 말했다.

"유림아, 저런 말 신경 쓰지 마. 다 너 질투 나서 그래."

"응, 나 원래 저런 말 신경 안 써."

유림이는 애써 괜찮은 척했지만 마음에 상처를 입었다.

"유림아, 일단 내일도 연습 같이 해보고 다시 또 그러면 내가 말해볼게."

"응, 일단 알겠어."

유림이는 다음 날도 같이 연습을 했다. 쌍둥이 언니들은 또다시 유림이를 욕했다. 그걸 듣고 있던 예은이 언니도 더 이상 못 참을 것 같아서 쌍둥이들에게 말했다.

"얘들아, 왜 자꾸 유림이를 욕하니?"

"아. 그게 아니라."

"아니긴 뭐가 아니야. 어제도 둘이서 유림이 욕하고 있고. 그걸 듣는 유림이는 뭐가 되니?"

"아, 그런 뜻이 아닌데."

"그렇게 유림이가 질투 나면 너희가 열심히 연습을 하든가."

"아니, 우리가 그렇게 잘못했어?"

"어. 잘못했어."

"그냥 마음에 안 들어서 그런 건데 미안."

"미안해야지. 유림이한테 사과해."

"유림아, 우리가 정말 미안."

쌍둥이들의 사과에는 진심이 담겨있지 않았다.

"일단 너네 다 말할 거니까 그렇게 알고 있어."

"미안해. 예은아, 제발 말하지 말아줘."

"사과는 내가 아니라 유림이한테 해야지."

"유림아, 정말 미안."

"다음부터 그러지 마세요."

"어. 알겠어. 그니까 말하지 마."

"싫어요. 자신이 한 일에 책임을 져야 해요."

유림이는 예은이 언니와 함께 쌍둥이 언니들에게 말을 하고 연습실에서 나왔다.

"예은이 언니, 오늘 고마웠어."

"내가 미안해지네, 같이 연습만 안 했어도 이런 일 안 생기는데. 내가 미안해."

"아니야 언니, 우리끼리 연습해서 꼭 같이 데뷔하면 되지."

유림이는 예은이 언니와 연습을 다시 시작했다.

"예은이 언니, 오늘 고마웠어."

"유림아, 오늘도 수고했어. 내일이 마지막 연습이니까 열심히 해 보자."

"응, 조심히 들어가."

다음날 유림이는 예은이 언니와 연습을 했다.

"유림아, 내일 데뷔조 평가니까 잘하고 데뷔조에서 다시 보자."

"응, 언니도 내일 잘하고 꼭 데뷔조에서 다시 만나자."

"알겠어, 내일 보자."

"어."

드디어 데뷔조 평가전이다. 유림이는 긴장을 했다. 점점 유림이의 순서가 다가왔다. 유림의 순서가 다가올수록 유림이는 더욱더 긴장했다. 드디어 유림이의 차례가 왔다.

유림이는 긴장했지만 연습할 때처럼 했다.

평가전이 끝나고 예은이 언니를 봤다.

"언니, 오늘 어땠어? 잘했어?"

"언닌 뭐 늘 하던 대로 했지. 넌 잘했어?"

"나도 뭐 늘 하던 대로."

"일단 내일 결과가 나오니까 결과 나오면 다시 얘기하자."

"어."

"오늘도 수고했어."

"응, 언니도."

드디어 데뷔조 평가전 결과가 나오는 날이다. 유림이는 기대도 됐지만 떨렸다.

"얘들아, 오늘 드디어 데뷔조가 정해진다. 다들 모여봐."

"네."

"다 모였지. 데뷔조에 들어갈 친구들은 총 다섯 명이다. 김나은, 하지연, 천예은, 박라희, 이유림. 데뷔조 애들은 잠깐 모이고 다들 고생했다."

유림이는 눈물이 났다.

"자, 데뷔조에 들어간 애들은 잠깐 모이도록."

"네."

"다들 고생 많았다. 앞으로도 꾸준히 연습해서 꼭 데뷔하길 바란다. 다들 너무 고생 많았다."

"유림아, 수고했어."

"고마워, 언니 덕분에 내가 여기까지 올 수 있었어."

"언니도 유림이 덕분에 여기까지 올 수 있었어. 앞으로도 열심히 연습해서 꼭 같이 데뷔하자."

"그래, 꼭 같이 데뷔하자!"

유림이는 데뷔조에 들어가서도 연습을 열심히 했다.

몇 년 뒤

"유림아, 같이 데뷔를 할 수 있게 돼서 좋다. 그동안 고생 많았어."

"고마워. 언니도 데뷔 축하해."

유림이는 데뷔조 언니들과 함께 열심히 노력한 결과 데뷔를 하게 되었다. 유림이는 데뷔를 하고, 재밌게 활동을 하였다.

 **작가의 말**

　이 글을 쓰게 된 이유는 꿈을 위해 노력하고 있는 사람들이 이 글을 읽고 많은 실패를 하더라도 그 꿈을 향해 노력하고 계속 도전하다 보면 언젠가는 그 꿈을 이룰 수 있다는 것을 알려주고 싶었기 때문이다. 자신의 꿈을 위해 노력하다 보면 그 꿈은 언젠가 이루어질 것이고 이룰 수 있을 것이다. 자신의 꿈을 이룬 기분은 그 누구도 표현할 수 없을 정도로 기쁘고 앞으로 어떻게 더 나아갈지 생각하게 될 것이다.

　이 글을 쓰면서 아무리 노력을 많이 하더라도 안 되는 것은 있을 수 있지만 힘들게 넘어지고 일어서고를 반복하다 보면 그 꿈은 이루어질 수 있지 않을까? 하는 생각을 해봤는데 자신이 그 꿈을 이루는 것이 중요한 것이 아닌 그 꿈을 이루기 위해서 의지를 갖고 넘어지더라도 일어서는 것을 잊지 않는 것이 더 중요하다는 것을 알게 되었다.

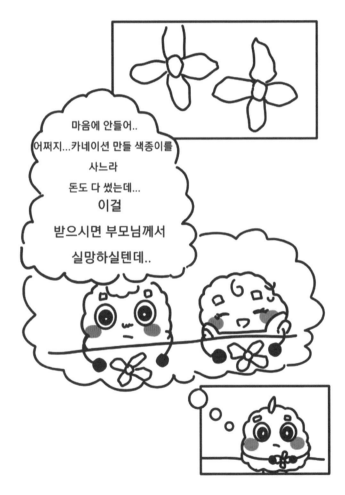

선물이 마음에 안들지
않으세요?

먼지야
엄마,아빠는 먼지가 사서 주는
카네이션도 좋지만 먼지가
만들어 주는 카네이션도 좋아

그럼! 먼지가 만들어줬던게
카네이션이 아니였어도
엄마,아빠는 기뻤을거야!

오늘은 마음이 따뜻해진것같다
어버이날이어서 엄마,아빠께 카네이션을 선물로
드렸다. 처음엔 친구를 따라 예쁜 카네이션을 선물로
사서 드리려고 했지만
용돈이 부족해서 사드리지 못했다.그래서
색종이로 카네이션을 접어드렸다.
나는 엄마,아빠께서 실망하실 줄 알았지만
엄마,아빠께선 내가 주는 선물이라면 산
카네이션이든 내가 만든 못생긴 카네이션이든
다좋다고 하셨다
내가 아무리 예쁜것을 줘도 부모님께서는
내가 선물을 드렸다는 것만으로도 기뻐 하셨다.

 작가의 말

　"먼지의 일기"를 그리게 된 계기는 평소 간단하며 큰 교훈을 줄 수 있는 만화를 찾다가 책벗이라는 동아리에서 직접 그려보자는 생각에 그리게 되었습니다.

　중학교 진학 전 초등학교에서도 책벗 같은 동아리에 들어가서 책을 만들어 본 적이 있습니다. 그러한 경험을 바탕으로 이번 책벗 동아리의 활동이 큰 도움이 된 것 같습니다.

　글쓰기 위주로 저의 생각을 전달하기보다는 그림이나 만화로 저의 생각을 전달하는 것도 좋을 것 같아서 만화를 그리게 되었습니다.

　1차 원고는 제가 직접 손으로 종이에 그렸습니다. 다시 내용을 정리하고자 디지털 그림 프로그램을 사용해서, 2차 원고를 다시 그리게 되었습니다. 2차 원고를 그리는 과정에서 1차 원고의 내용을 조금 더 간단하게 요약하고, 깔끔하게 정리를 하다 보니 생각도 많아지고, 속도도 많이 느려지게 되었습니다.

　힘들게 2차 원고의 정리가 끝나자, 뿌듯함과 안도감이 들었습니다. "먼지의 일기"를 통해서 짧고 간단하지만 일상 속에서 평소에 우리가 느끼지 못하고, 그냥 지나친 작은 것 하나라도 다시 생각해 보고, 느낄 수 있는 만화가 되었으면 좋겠습니다.

　짧은 만화지만 우리의 작은 일상에서 많은 교훈과 생각을 할 수 있는 계기가 되었으면 합니다.

　감사합니다.

얼렁뚱땅 학교생활

김지유

"아, 제발 제발 제발…."

오늘은 중학교 입학 하루 전날, 반 배정이 나오는 날이다. 매번 반 배정에 실패한 나는 이번에는 잘 되길 바라며 곧 나올 반 배정을 기도한다. 어느새 반 배정이 나올 시간이 되었다. 나는 떨리는 마음으로 학교 홈페이지 사이트를 클릭했다. 공지사항에는 방금 막 올라온 따끈따끈한 반 배정 결과가 올라와 있었다. 나는 조심스럽게 반 배정 결과를 확인했다.

"아, 그럴 줄 알았다."

역시나 이번 반 배정도 대실패이다. 반 아이들 이름을 확인해 보는데 어쩜 아는 아이들이 한 명도 없었다. 내가 속상해 있을 때, 친한 친구들과 만든 단톡방에서 하민이한테 카카오톡이 날아왔다.

- 유원아, 나 너랑 같은 반이야!   오후 1:13
- 진짜? 이번 반 배정 성공이다!   오후 1:13
- 오 둘이 같은 반이야? 축하해!   오후 1:14
- 하 드디어 반 배정 성공….   오후 1:14

카카오톡이 쏟아지는 걸 보니 나와 가장 친한 친구들인 하민이와 유원이가 같은 반이 된 모양이었다. 나만 빼고 둘이서 같은 반이 된 모습을 보니 조금 샘이 나기도 했다. 하지만 내가 답변해 줄 수 있는 말은 축하하는 것뿐이었다.

- 다민아, 너는 몇 반 됐어?   오후 1:45
- 그러게?   오후 1:47

친구들은 몇 분이 지나서야 내 소식에 관해 물었다. 둘이 같은 반이 되어 너무 신이 난 나머지 내 반 배정 결과를 말하는 걸 까먹었던 걸까? 나는 이 쪼잔한 일이 아니어도 신경 쓸 게 많기에 의미 부여는 하지 않기로 하고 카카오톡을 보냈다.

- 나는 3반 됐어….   오후 1:49
- 아쉽다. 내년엔 세 명 다 같은 반 되면 좋겠다.   오후 1:49
- 그래도 바로 옆 반이니까 우리가 쉬는 시간마다 너 반으로 갈게!   오후 1:49
- 그래 그러면 되겠다!   오후 1:50

- 응. 고마워! 오후 1:50

이렇게 친구들과 대화는 했지만 난 아직 걱정이 태산이었다.

"친구들은 다 잘됐는데 왜 나만…."

나는 매번 실패하는 반 배정 때문에 구시렁거렸다. 하민이랑 유원이와 친해진 지 4년이 다 되어가는데 딱 한 번 같은 반을 해봤다. 학교는 나한테 왜 이러는 걸까? 내년에는 제발 잘되길 바라며 망한 현실을 받아들이기로 했다. 나는 조금 걱정스러운 마음으로 입학 하루 전날을 보냈다.

대망의 중학교 입학 날 아침이다. 평소라면 알람 소리도 잘 못 듣고 누군가 깨워주어야 일어나는 나지만, 오늘은 아무런 소리 없이 아침 일찍 눈이 떠졌다. 오늘은 학교 첫날이니까 최대한 단정하게 준비했다. 처음으로 교복을 입었는데 세상 어색할 따름이었다.

'이게 맞나…?'

몇 번이고 거울을 다시 보았다. 난 친구들에게 착하고 모범생 같은 이미지를 보여주기 위해 열심히 준비했다. 이렇게 항상 새 학기 때 콘셉트를 잡고 불과 몇 주 후에는 콘셉트가 다 들통나는 게 국룰이다. 그래도 기분이라도 낼 겸 콘셉트 잡는 재미도 있다. 교복을 다 입고, 아침은 간단하게 시리얼을 먹었다. 분명 일찍 일어났는데 시간을 보니 어느덧 등교할 시간이 되었다. 친구들과 같이 등교하기로 했기 때문에 서둘러 집을 나섰다.

"학교 다녀오겠습니다!"

이제 봄이 오는 듯 점점 따뜻해지기 시작한 것 같았는데 밖을 나서니 한겨울 날씨 같았다. 많이 긴장된 듯 온몸이 오들오들 떨렸다. 긴장 상태로 약속 장소인 놀이터 앞으로 향했다.

"어, 안녕!"

하민이와 유민이가 먼저 도착해 있었다.

"우리가 벌써 중학생이네…!"

"그러니까."

우리는 학교로 향할 때 이것저것 사소한 얘기를 했다. 나는 아직도 내가 중학생이라는 게 믿기지 않는다. 하민이와 유원이도 그럴 것이다. 우리 모두 떨리는 마음으로 등교를 했다. 등교하다 보니 등교하는 학생들이 많이 보였다. 저 학생들도 나와 같은 처지일 것이란 생각이 들었다. 그리고 어느새 중학교 건물이 보이기 시작했다.

'여기가 내가 3년 동안 다닐 학교라니….'

코앞에서 학교를 보니 내가 진짜 중학생이라는 게 실감이 났다. 그리고 교문을 통과하니 가득 찬 학생들로 북적북적했다. 1학년은 4층이라는 소식에 한숨이 저절로 나왔다. 1년 동안 4층을 매일 올라야 한다고 생각하니 벌써 머리가 지끈지끈한 느낌이었다. 이제 반으로 가기 위해 한층 한층 계단을 올랐다. 4층에 다 올라오니 더 떨렸다. 우리 반 아이들은 과연 어떤 아이들일지, 1년 동안 어떻게 보낼지 등의 기대에 가득 찬 얼굴로 반 앞으로 향했다. 하민이와 유원이랑 헤어지고 나 혼자 3반 앞으로 걸어갔다. 초등학생 때는 실내화만 신었는데 중학생이 되고 처음 신어보는 슬리퍼로 갈아 신었다. 처음 보는 아이들 몇몇이 앉아있었다. 반은 너무 고요해서 가방 지퍼 여는 소리도 눈치가 보였다. 나는 창가 쪽 중간 자리쯤에 자리를 잡아 가방을 올려두고 빨리 반을 빠져나와 복도로 나갔다. 다른 아이들도 조용한 반이 매우 어색한지 친구들끼리 복도에 많이 나와있었다. 나는 하민이와 유원이를 보러 4반으로 향했다.

"하민! 유원!"

내가 부르자 하민이와 유원이는 나에게 다가왔다.

"우리 반 너무 어색해서 못 있겠어."

내가 말을 꺼냈다.

"첫날은 원래 그렇지. 우리 반도 정말 어색해!"

"맞아. 며칠만 지나면 시끄러워질 거야."

하민이와 유원이는 나를 위로해 주었다. 대부분 친구가 아직 어색하고 조용한 듯 보였다. 우리 반만 그런 게 아니어서 조금 안심이 됐다. 이제 각자 반으로 들어갔다. 하민이와 유원이랑 대화하다 보니 수업 시간까지 채 10분도 남아있지 않았다. 아까는 서너 명정도 교실에 있었는데 어느새 친구들이 거의 다 와있었다. 나는 자리에 앉아 친구들을 한 명씩 훑어보기 시작했다.

'누구랑 친해지지…?'

친구들은 같은 초등학교를 많이 나와서 그런지 대부분이 아는 사이였다. 그래서 말을 언제, 어떻게 걸지 고민했다. 소심한 성격 탓에 아무한테도 말을 걸지 못하고 종이 울렸다. 초등학생 때는 종도 안 울렸었는데 이제 학교에서 이 종소리를 매일 들어야 한다는 게 신기했다. 종이 울리자 반은 조용해졌다.

'제발 좋은 선생님….'

나는 담임 선생님이라도 잘 걸리고 싶어 마음속으로 기도했다.

창문을 보니 다른 반은 몇몇 선생님이 들어오시고 계셨다. 아이들은 하나같이 선생님의 그림자를 쳐다보았다. 또 다른 선생님께서 오시는 소리가 들렸다. 그 소리는 우리 반으로 점점 가까워졌다. 그리고 창문으로 선생님의 그림자가 보였다. 나는 직감했다.

'저 선생님이 우리 담임 선생님?'

그리고 문이 스르륵 열리자 선생님께서 들어오셨다.

"얘들아, 안녕?"

"안녕하세요."

조용했던 우리 반에 인사 소리가 울렸다.

"일단 다 왔는지 출석 먼저 부를게."

"1번 김민수"

"네."

"2번 김하연."

"네!"

"3번 김…."

"16번 이다민

"네."

나는 떨리는 목소리로 대답했다. 우리는 출석 확인을 다 하고 입학식을 하러 강당으로 향했다. 예비소집일 날 학교를 한 번 둘러본 적은 있지만, 아직 학교 구조는 어색한 것 같다. 어느덧 강당에 1학년 신입생들이 다 모이고 입학식은 시작하였다. 처음 들어보는 교가도 듣고, 교장 선생님, 교감 선생님 등 많은 선생님도 뵀다.

떨리는 입학식이 끝나고, 우리는 다시 반으로 돌아갔다. 반에 도착하니 쉬는 시간을 알리는 종이 쳤다. 나는 쉬는 시간이지만 아는 친구가 없어 그냥 자리에 앉아있었다. 그때 어떤 한 친구가 나에게 다가왔다.

"안녕! 혹시 너 이름이 뭐야?"

"어, 안녕. 나는 이다민이라고 해!"

"우와, 이름 이쁘다! 나는 정미예야!"

"아, 고마워! 너도 이름 예쁘다."

우리는 자잘한 첫인사를 나누었다. 이렇게 친구가 나에게 먼저 말을 걸어준 건 처음이라 고마웠고 기분이 좋았다. 우리는 또 다른 이야기도 하면서 엄청나게 빨리 친해지게 되었다. 곧 다시 수업 시간을 알리는 종이 치고, 2교시가 시작되었다. 2교시부터는 정상 수업이라 교과 선생님께서 들어오셨다. 처음으로 수업한 과목은 국어였다. 첫 수업이라 그런지 따로 진도는 나가지 않았다. 처음에는 국어 선생님이 엄청 무서우실 줄 알았는데, 알고 보니 엄청 친절하셨다. 국어 수업이 끝이 나고, 3~4교시도 교과 수업을 했다. 선생님께서는 다들 친절하셔서 다행이라고 생각했다.

어느덧 급식 시간이 되었다. 나는 미예와 같이 급식실로 향하였다. 나는 두근두근한 마음으로 급식을 받았다. 미예와 같이 자리를 잡고 앉았다. 한입 먹어보니 나쁘지는 않을 것 같았다. 그렇게 미예와 조잘조잘 이야기하며 후식으로 나온 사과까지 먹고 급식실을 나섰다. 그렇게 반에 도착해서 수업 시작하기 전까지 미예와 다양한 이야기를 서로 주고받았다. 나는 친구 사귀는 게 조금 힘들

것 같았는데 미예는 아무렇지 않게 말을 걸었던 모습을 보고 나도 먼저 말을 걸어봐야겠다는 다짐을 했다. 그렇게 7교시까지 수업을 다 하고 하교를 했다. 집에 도착해 옷을 갈아입지도 않고 침대에 누웠다. 집에 와서야 긴장이 다 풀린 것 같았다. 나는 하민이와 유원이가 있는 단톡방에 카카오톡을 보냈다.

- 다들 오늘 어땠어? 오후 4:44
- 선생님이 좀 무서우시긴 한데 친구들은 괜찮은 것 같아!
  오후 4:46
- 맞아. 우리 반 엄청 활발해. 오후 4:46
- 다민이 너는 어땠어? 오후 4:47
- 나는 선생님은 좋으셨는데 친구들이랑 많이 어색했어.
  오후 4:47
- 뭐 아직 첫날인데 다 나중에 친해질 거야! 오후 4:47
- 그래, 많이 걱정하지 마. 우리도 아직은 좀 어색해. 오후 4:48
- 역시 너네밖에 없다. 고맙고 내일 학교에서 보자! 오후 4:48

역시 초등학교 4학년부터 친했던 친구들과 대화를 하니 마음이 한결 편해졌다. 나는 다시 침대에서 일어나 밖으로 나갔다. 내가 도착한 곳은 문구점이다. 과목별 선생님께서 필요하다고 하신 준비물을 사러 왔다.
'먼저 L자 파일 한 묶음…, 풀 두 개…, 공책 세 권….'
생각보다 필요한 게 많아 양손 바리바리 들고 나갔다. 그리고 금

세 밤이 되었다. 내일도 일찍 일어나야 해서 얼른 침대에 누웠다. 내일은 잘 지낼 수 있을까? 나 이다민 중학교 생활 잘할 수 있겠지?

중학교 생활 둘째 날 아침이 밝았다. 오늘도 분주하게 준비하고 학교로 향했다. 학교에 와서 어제 산 준비물을 서랍과 사물함에 정리하고 오늘 시간표도 확인했다. 몇 분 후 미예가 학교에 와서 미예와 수다도 떨고 전화번호도 교환했다. 아직 미예와 할 얘기가 남았는데도 시간은 왜 이렇게 금방 가는지 벌써 종이 울렸다. 나는 자리에 앉아 선생님을 기다렸다. 선생님께서는 많은 통신문을 가져오셨다. 학기 초라 안내 사항이 많아 통신문이 많다고 말씀해 주셨다. 덕분에 무거운 가방을 메는 내 어깨는 남아나지 않을 것 같다. 몇 시간 뒤 4교시까지 다 마치고 급식 시간이 되었다. 학교에 오면 급식 시간만 기다려지는 것 같다. 오늘도 급식을 맛있게 먹고 또 수업을 들었다. 오늘은 6교시만 해 어제보다는 빨리 마쳤다. 미예가 아이스크림을 사준다고 같이 편의점에 들렀다. 난 해준 것도 없는데 갑자기 사주어서 고마웠다. 나도 나중에 미예한테 베풀어 주어야겠다. 이렇게 점점 우리는 친해져 가고 있었다.

그다음 날은 주말이라 늦잠을 잤다. 주말이어도 일찍 일어나려 했는데 개학 때문에 빨리 일어나다 보니 몸이 피곤해졌나 보다. 나는 집에 있는 것을 좋아하기 때문에 주말 동안은 집에서 시간을 보냈다. 학교에서 배울 내용 예습을 조금 하고 밀린 드라마도 정주행했다. 하지만 월요일이 되면 또다시 피곤해질 거라는 생각이 들어 머리가 어질어질했다.

그렇게 주말이 눈 깜짝할 새 지나가고 월요일이 되었다. 오늘도 교실은 시끌시끌했다. 다른 날과 다름없이 수업하고 점심시간이 됐다. 미예는 다른 친구들과도 친해지고 싶은지 나에게 다가와 친구들에게 말을 걸어보자 했다. 원래 나라면 거절을 하거나 어쩔 수 없이 수긍했을 텐데 이번에는 나도 친구들과 친해지고 싶어 말을 걸어보기로 했다. 나는 미예와 같이 혼자 있는 친구에게 다가갔다. 미예가 먼저 말을 걸고 나도 그 뒤로 용기 내어 인사를 건넸다. 그 친구는 소이라는 친구인데 활짝 웃으며 우리를 반겨주었다. 소이는 성격이 좋고 활짝 웃는 미소가 예뻐서 그런지 입학식 날부터 눈이 가는 친구였다. 이 기회에 나는 소이와 친해지고 싶었다. 우리는 급식실에 도착할 때까지 조금 어색하지만 많은 대화를 나누었다. 그 이후로 우리는 일주일 동안 등교도 같이하고 사소한 이야기도 많이 해 장난도 많이 치는 편한 사이가 되었다. 나는 이런 친구들을 사귀었다는 게 마냥 행복했다. 자연스럽게 하민이와 유원이랑은 조금 멀어지게 됐다.

그렇게 입학한 지 3주가 흘렀다. 이제는 아이들 대부분이 친하고 하루하루가 시끄러운 반이 됐다. 나도 대부분 친구와 말도 해보고 친해졌다. 입학 전에는 1학년 내내 친구도 못 사귀고 혼자 다니는 상상을 많이 했는데 정말 필요 없는 고민이었던 것 같다. 우리 반 친구들은 성실하며 재미있고 나는 무리도 생겨 너무 좋은 학교생활을 하고 있었다. 하지만 행복하면 조금의 불행이라도 찾아오는 법이다. 입학한 지 3주가 조금 넘었던 날, 과학 시간 때 사건이 시작

됐다. 과학 시간에 실험해야 하는 내용이 있어 과학실에 갔었다.

나는 3모둠이었고 미예와 소이가 같은 4모둠이었다. 실험하는 도중 소이가 계속 장난을 쳐 생긴 일이다. 미예는 두세 번 장난치지 말고 실험하자고 말했지만, 소이는 대답만 하고 실험에는 집중하지 않고 혼자 계속 장난을 치고 있어 미예가 버럭 짜증을 내고 심한 말도 했다. 소이는 안 하겠다고 대답했는데 왜 짜증을 내냐며 오히려 화를 냈다. 이 일이 발생한 후 둘의 사이는 서로 멀어졌다. 나는 소이가 계속 장난을 쳐 다른 사람에게 피해를 준 행동은 잘못된 행동이지만, 미예가 심한 말을 한 것도 잘못이라고 생각한다. 미예와 소이는 자신의 잘못은 인정하지 않고 남 탓만 하는 바람에 사이가 더 멀어진 것 같다. 나는 둘이 얼른 화해하고 예전처럼 지내고 싶다. 지금은 내가 둘 사이에 꼈기 때문에 누구와 다녀도 불편한 상황이 생겨 계속 같이 있지 못한다. 나는 한동안 하민이와 유원이랑 가끔 쉬는 시간에 만났다.

하지만 하민이와 유원이도 친구들을 사귀어 나와 잘 만나지 못하고 있고 나는 이러지도 저러지도 못하는 상황이 됐다. 내가 이 둘의 사이에서 해줄 수 있는 것이 무엇일까? 나는 잠시 고민에 빠졌다. 나는 둘의 친구로서 둘의 사이를 풀어주어야 할 것 같은데 또 내가 나서서 더 상황이 안 좋아질 수도 있고 괜히 나 때문에 한 걸 수도 있기 때문이다. 나는 미예와 소이가 화해할 때 각자 서로의 진심을 담아 화해했으면 좋겠다. 남의 눈치를 보고 화해를 했다면 다시 예전처럼 친해지기도 어렵고 화해해도 기분이 썩 좋지는 않을 것이기 때문이다. 이 모든 걸 바라고 화해시킬 수는 없지만,

우리의 우정을 위해 진실한 마음으로 화해하면 좋겠다.

미예와 소이가 싸우고 4일이 지났다. 소이는 미예한테 미안한 마음이 있는지 미예와 화해하고 싶은 눈치였다. 미예도 소이의 눈치를 알아차린 건지 소이의 눈치를 살폈다. 학교가 마치고 몇 시간 뒤, 소이는 나한테 미예와 화해했다고 문자를 보냈다.

- 다민아! 나 미예랑 화해했어! 오후 5:04
- 정말?? 오후 5:04
- 응! 오후 5:05
- 화해해서 다행이다! 오후 5:05
- 우리가 싸웠을 때 너까지 신경 쓰게 해서 미안했어. 오후 5:05
- 아니야 괜찮아. 친구랑 싸울 때도 당연히 있는 거지. 내일 우리 다 같이 등교할래? 오후 5:05
- 그래! 그럼 내일 만나자! 오후 5:06

이제 저번 같은 일상으로 돌아갈 수 있어 기분이 좋았다. 고작 나흘 동안 친구들과 다니지 않고 혼자 다녔지만, 친구들이 없으면 4일도 정말 크고 친구들이 소중하다는 걸 알게 됐다. 미예와 소이도 그렇겠지?

그렇게 1주일이 지나고 4월이 되었다. 어느덧 중간고사가 4주밖에 남지 않았다는 소식을 들었다. 처음 보는 중간고사라서 두려움이 컸다. 게다가 난 학원도 안 다니는데 어떤 식으로 공부를 해야 하는지 감이 오지 않았다.

'지금이라두 학원에 다녀야 하나? 그러기엔 너무 늦지 않았나? 학원에서 안 받아줄 것 같은데….'

나는 수많은 고민을 했다. 사실 시험 칠 때 공부보다 걱정을 더 많이 하는 것 같다. 나는 일단 문제집을 사러 문구점에 갔다. 학교와 맞는 출판사의 문제집을 골랐다. 옆에 있던 플래너도 하나 샀다. 국, 수, 사, 과, 영 총 5권의 문제집과 플래너를 사니 가격이 생각보다 비싸서 당황했다.

'이렇게 많이 사놓고 안 하진 않겠지?'

나는 집에 들어와 책상에 문제집들을 다 올려두었다. 그리고 아까 산 플래너에 4주 공부 계획을 세웠다.

"4월 6일에는 국어랑 영어. 4월 7일에는…."

솔직히 지킬 것 같진 않지만 대략 얼마나 공부하는지 적었다. 플래너를 열심히 쓰고 책들을 정리하니 30분이 지나갔다.

'아, 오늘부터 공부해야 하는데 언제 하지? 지금이 5시 34분이니 6시부터 해야겠다.'

난 6시부터 공부하기로 마음을 먹고 침대에 누워 핸드폰을 했다. 그리고 10분, 30분, 1시간이 지나 엄마께서 저녁 먹으라고 하시는 소리가 들렸다.

'벌써 6시가 넘었다고? 아, 공부해야 하는데. 그냥 밥 먹고 바로 하면 되겠다.'

나는 시간이 훌쩍 가버려 놀랐지만, 아직 한 달이 남았기에 안심하고 밥을 먹었다. 밥을 먹고 책상에 앉으니 학교 한자 숙제가 생각났다.

"헐! 이거 내일까지인데 얼른 해야지."

그렇게 학교 한자 숙제까지 하니 7시 30분이 되었다. 숙제를 밀려 하니 힘들어서 잠시 침대에 누웠다. 나는 10분만 침대에 있다 일어나서 공부하기로 마음먹었다. 그런데 깜박 잠이 들어 깨어보니 밤 10시였다.

'아! 망했다 벌써 시간이… 이제 씻어야 하는데 공부는 또 언제 하냐. 아, 그냥 내일부터 공부해야겠다.'

역시 공부는 내일부터다. 하루 정도는 미루어도 괜찮다는 생각으로 내일부터 열심히 하기로 마음을 먹었다. 그래도 내일부터는 꼭 공부하기로 다짐을 하고 남은 오늘을 보냈다.

그다음 날, 나는 학교를 마치고 집으로 돌아왔다. 책가방을 정리하고 책상에 교과서, 필통, 노트, 플래너, 문제집 등을 놓아두었다. 옷도 편안한 잠옷으로 갈아입고 머리카락을 질끈 묶은 다음 책상 앞에 앉았다. 나는 오늘 공부할 내용을 플래너에 적었다. 이제 국어 교과서를 펼치고, 처음부터 배운 곳까지 훑어보고 노트 정리를 했다. 노트 정리를 할 때 적을 내용도 많아 손이 아팠다. 노트 정리를 다 하니 20분 정도가 흘렀다. 나는 무의식적으로 온 알람도 없지만 중간중간 핸드폰을 확인했다. 공부할 때 최대한 핸드폰을 안 하려고 하지만 계속 눈이 가는 것 같다. 이제 문제집을 펼쳐 문제집을 풀었다. 몇 장 풀었을까, 내 손은 자연스럽게 또 핸드폰에 가 있었다. 평소에는 연락이 오는지 안 오는지 신경도 안 쓰던 나였지만, 시험 기간에만 유독 핸드폰을 찾게 된다. 다시 마음을 붙잡고 공부를 했다.

공부한 지 1시간이 흘렀다. 사실 핸드폰을 20분 정노 한 듯하다. 그래도 나름 열심히 공부한 것 같다. 저녁을 먹고 오후 9시 즈음에 수학 공부도 조금 했다. 이렇게 한 번이라도 공부하니 뿌듯한 마음도 생기고 더 공부하고 싶은 마음도 생겼다. 이렇게라도 공부 습관을 이어가면 좋았을 텐데. 벌써 지친 걸까? 이날 이후 3일 정도는 똑같이 열심히 했다. 하지만 이제는 공부하는 둥 마는 둥 한다. 공부하겠다고 책상에 앉았지만 계속 딴생각하고 집중이 잘 안 됐다. 그래서 나는 어떻게 공부를 해야 할지 고민됐다. 나는 이 고민을 미예와 소이에게 말해주었다. 그때 미예가 말을 꺼냈다.

"그러면 우리 스터디 카페 가볼래?"

"스터디 카페?"

"응! 카페 같은 곳인데 거기서 조용히 공부할 수 있어!"

"맞아. 진짜 조용해서 집중 잘될걸?"

소이도 아는지 말을 했다. 나는 이름만 들어봤지, 잘 알지는 못했다. 그래도 친구들이 요즘 그곳을 자주 간다는 걸 알고 있었다.

'정말 조용하면 공부가 잘될까? 그냥 한번 가보는 게 낫겠지?'

"그래! 그러면 우리 오늘 학교 마치고 갈래?"

미예와 소이는 좋다고 수긍했다. 우리는 그렇게 학교 마치고 다 같이 스터디 카페에 가기로 했다.

"우리 언제까지 걸어가야 해?"

"이제 거의 다 도착했을 텐데."

"어, 저기다!"

우리는 무거운 책가방을 메고 10분 동안 걸어 스터디 카페에 도착했다. 가방에 이것저것 다 넣고 걸어서인지 벌써 기운이 빠진다. 입구에 들어서자 시원한 에어컨 바람이 우리를 맞이해 주었다. 드디어 좀 살 듯했다. 키오스크로 계산을 먼저 했는데 우리는 2시간 이용시간을 골랐고 자리는 끝쪽 자리를 골랐다. 우리는 살금살금 자리에 들어가 앉았다. 숨 쉬는 소리조차 안 들릴 정도로 이 공간은 고요함 그 자체였다. 가방에서 책을 꺼내려고 지퍼를 내리는 소리가 정말 크게 느껴져서 눈치를 봤다. 나는 가방에서 교과서, 필통, 문제집 등 오늘 공부할 것을 다 꺼내 책상에 올려두었다. 내가 먼저 꺼내자 미예와 소이도 하나둘씩 꺼냈다. 우리는 각자 할 공부를 열심히 했다. 정말 조용해서 집에서 할 때보다 집중이 잘 되는 느낌이 들었다. 기분 탓이려나?

우리는 30분 동안은 정말 열심히 공부했다. 30분이 지나고 친구들이 밖에 잠시 나가자고 해서 잠깐 밖으로 나갔다. 우리는 일단 나가서 스트레칭을 했다. 30분이지만 한곳에 계속 앉아있어 몸이 뻐근하기도 했고 졸리기도 하여서 이렇게 나오니까 상쾌했다. 밖에는 무료로 주는 간식거리가 있었다. 우리는 음료수 하나씩을 고르고 다시 안으로 들어가 앉았다.

'다시 집중하자. 집중.'

그렇게 1시간이 지났다. 나랑 미예, 소이 모두 다 지친 듯했다. 우리는 30분 시간이 더 남았지만, 오늘은 이제 나가기로 했다. 다 정리하고 나오니 밖이 어두워졌다.

'이렇게만 공부해도 힘든데 사람들은 어떻게 오랫동안 공부하는 걸까…? 내가 6~7시간씩 공부하는 날이 오긴 할까?'

지친 상태로 우린 각자 집으로 돌아갔다. 나는 집에 와서 무거운 가방을 내려두고 바로 침대에 누웠다. 나는 평소에도 항상 쉴 때는 침대에 누워있는 편이고 주말에도 밖에 잘 나가지 않는다. 그래서 나는 항상 밖을 나갔다 오면 체력이 금방 고갈된다. 오늘도 힘들었지만 새로운 경험을 해보아 재밌는 하루였다.

이날 이후 며칠이 지나고 중간고사가 1주일 남게 되었다. 학교 선생님들께서는 수업마다 시험이 며칠 안 남았다고 이야기하신다. 또 몇몇 선생님들께서는 시험이 어렵다고 하시는 선생님들도 계신다. 그래서 나의 걱정은 더더욱 쌓여갔다. 걱정한 이유는 내가 공부를 많이 하지 않았기 때문이다. 어쩌면 친구들과 스터디 카페에 간 게 마지막으로 집중해서 한 공부일 수도 있다. 첫 중간고사를 망치고 싶진 않기에 오늘부터 다시 1주일이라도 최선을 다해야겠다.

1주일이 지나고, 중간고사를 치는 날이 되었다. 오늘도 어김없이 학교에 가는데 그렇게 긴장되진 않았다. 아직 실감이 안 나서 그러는 걸까? 반에 들어가도 공부하는 친구들이 별로 없었다. 1학기 중간고사는 국어, 수학, 사회, 과학, 영어 총 5과목을 친다. 그중 오늘은 국어, 과학, 영어를 치는 날이다. 종이 치고 다들 자리에 앉았다. 전자기기를 모두 걷고 선생님께서 시험 얘기를 해주시니 시험을 치기까지 15분이 남았다. 선생님께서 답지를 쓸 때 밀려 쓰지 않고 똑바로 써야 한다고 강조하셨다. 아마도 우리가 첫 시험이다 보니 선생님께서도 많이 긴장되시는 것 같았다. 긴장되는 건 우리도 마찬가지였다. 분명 조금 전까지는 하나도 긴장되지 않았지만, 시간이 지날수록 점점 시험이 실감 나고 무서워지기 시작했다. 이제 담임 선생님도 나가시고 감독관님이 들어오시기 전까지 1교시에 칠 국어를 공부했다. 국어 선생님께서 중요하다고 하셨던 부분을 마지막까지 꼼꼼히 살펴보았다. 반이 조용해지며 아이들도 각자 공부를 했다. 그렇게 시간은 조금씩 흘러 시험 치기 5분 전이 되었다. 그리고 감독관 선생님께서 들어오시고 필기구 빼고 모든 물건을 가방에 넣었다. 선생님께서 시험지를 나눠주시는데 가슴이 쿵쿵 뛰었다. 국어는 내가 제일 자신 있는 과목이었다. 하지만 역시 처음 치는 시험이라 많이 떨리긴 했다. 시험지와 답지까지 다 받고 떨리는 마음으로 종이 치길 기다렸다.

오전 9시가 되니 종이 치고 아이들은 하나같이 시험지를 만졌다. 나는 차분히 1번 문제부터 살폈다. 국어 선생님께서 시험이 어렵다고 겁을 주셔서 나는 많이 어려운 줄 알았는데 국어 시험은 생각보다 매우 쉬웠다. 실수만 없이 잘 풀면 다 맞을 수 있는 문제가 많았다. 나는 그래서 신나는 마음으로 문제를 풀어갔다. 문제를 다 풀고 답지에 답을 다 옮겨 적은 후 시계를 보니 아직 20분이 남았다. 나는 두세 번 답을 맞게 적었는지 검토를 했다. 그러고 조금 있으니 시험이 끝나는 종이 울렸다.

시험지를 걷고 나니 아이들끼리 시험에 관해 이야기가 마구 쏟아져 나왔다. 나도 미예와 소이와 가채점을 했다. 1번에 3번, 2번에 5번, 3번에는…. 가채점하니 아직 서술형은 모르지만, 객관식을 다 맞았다! 나는 잘 친 것 같아서 기분이 좋아 입꼬리가 살며시

위로 올라갔다. 미예와 소이는 두세 개 정도 틀린 듯하다.

　또 종이 울리고 2교시에는 과학 시험을 쳤다. 과학 시험도 선생님께서 쉽게 내주신 듯하다. 헷갈리는 문제는 국어보단 많았지만, 그래도 잘 풀어나갔다. 다 풀고 검토까지 여러 번 했다. 그리고 검토를 끝내니 종이 울렸다. 과학 시험 가채점을 할 땐 우리 반 친구들 여러 명과 가채점을 했다. 아쉽게 4점짜리 문제를 두 개 틀렸다. 오늘 마지막으로 칠 영어 시험을 위해 나는 빨리 마지막으로 영어 교과서와 프린트를 훑었다. 영어는 내가 실수만 안 하면 잘 보는 과목이기 때문에 좀 헷갈린 부분이나 어려운 부분을 계속 확인했다. 똑같이 열심히 시험을 쳤다. 서술형이 조금 어려워서 헷갈렸지만 내 감을 믿기로 했다. 이제 시험시간 10분이 남아서 OMR 카드에 답을 제대로 적었는지 확인했다. 답안지를 1번부터 하나씩 확인해 보니 16번부터 답을 적어 답을 밀려 썼다. 확인하지 않았거나 시간이 조금이라도 늦었더라면 답을 밀려 쓰고 그대로 낼 뻔했다. 나는 얼른 수정테이프로 답을 지우고 다시 답을 적었다. 첫 시험이라 그런지 긴장을 해서 실수가 나온 것 같았다. 그래도 지금이라도 확인하고 고쳐서 난 다행이라고 생각했다.

　마지막 시험까지 끝내고 급식을 먹으러 갔다. 급식실은 모든 학년이 시험에 관한 얘기를 하느라 시끌시끌했다. 나도 미예와 소이랑 시험에 관한 얘기를 하며 급식을 먹었다. 오랜만에 만난 유원이와 하민이랑도 잠시 시험 얘기를 했다. 지금은 모든 학생의 신경이 시험에 가있는 듯하다.

　급식을 다 먹고 교실에 들어가니 답지가 있었다. 먼저 채점한 친구들의 표정이 반으로 나뉘는 걸 볼 수 있었다. 나도 얼른 시험지를 가지고 와 채점하기 시작했다. 3과목 다 채점해 보니 과학 두 개 틀린 것 빼고는 다 맞게 나왔다. 객관식은 다 맞았더라도 서술형이 문제이긴 하다. 그래도 난 생각보다 시험을 잘 친 것 같아 기분이 좋았다. 채점을 다 끝내고 이른 하교를 했다.

첫 중간고사를 끝내고 집에 가는 발걸음이 가벼웠다. 과연 이 발걸음이 내일까지 유지될까? 나는 집에 도착해 옷도 갈아입지 않고 침대에 바로 누웠다.

'아, 이럴 때가 아닌데.'

내일은 수학, 사회를 치는 날이다. 그중 수학은 내가 제일 못하는 과목이다. 그래서 걱정이 크지만 나는 도대체 무슨 생각인지 침대에서 벗어날 생각을 안 했다. 내 머릿속은 공부해야 한다고 생각하고 있지만, 몸이 따라주질 않았다. 결국 난 30분 동안 침대에 있다가 정신을 차리고 책상 앞에 앉았다. 나는 마지막이라고 생각하고 교과서와 프린트를 여러 번 계속 보면서 최대한 열심히 벼락치기를 했다.

그리고 마지막 시험 날이 되었다. 오늘은 내가 잘하지 못하는 과목을 치긴 하지만 어제보다는 긴장이 되지 않았다. 1교시는 자습이라 더더욱 그런지 모르겠다. 학교에 도착하고 어느새 1교시를 알리는 종이 쳤다. 나는 그다음에 칠 수학을 공부했다. 선생님께서 중요하다고 하신 부분을 열심히 보고 내가 못 푸는 문제를 풀 수 있을 때까지 풀어보았다. 금방 1교시는 지나갔고 2교시가 되었다. 하지만 풀어봐도 계속 안 풀어지는 문제들이 있었지만 난 그대로 시험을 칠 수밖에 없었다.

'실수만 하지 말자.'

나는 1번 문제부터 하나하나 꼼꼼히 살피고 풀기 시작했다. 막히는 문제는 빨리 넘기고 아는 문제부터 풀다 보니 풀 만했다. 어느새 아는 문제를 다 풀고 몰랐던 문제부터 다시 풀기 시작했다. 모르는 문제가 많았는데 다시 풀어봐도 안 풀리는 문제는 있었다. 나는 시간도 얼마 남지 않았고 할 수 있는 방법이 없기에 찍기로 했다.

'어느 것을 고를까요? 알아맞혀 보세요….'

'4번이네…. 제발 하느님 4번이 정답이게 해주세요. 제발요.'

나는 무교이지만, 오늘만큼은 하느님에게 빌었다. 5점짜리 문제라 최대한 열심히 찍었다. 서술형도 추가 점수라도 받으려고 열심히 써 내려갔다. 그리고 2교시가 마쳤지만 나는 수학은 채점하지 않았다.

'괜히 채점했다가 기분만 망칠 거야. 그냥 다음 시험공부를 하자!'

나는 사회 공책을 얼른 꺼내 마지막 시험이니 더더욱 열심히 공부했다. 원래 마지막에 본 부분이 시험에 나온다는 선생님들의 말씀을 듣고 나는 더욱 집중해서 보았다. 그리고 시험을 치는 도중 어느덧 서술형 2번까지 왔다. 이건 내가 시험 직전까지도 잘 안 외워져서 꼼꼼히 읽은 내용이었다. 공책 정리한 문장을 그대로 달달 외웠는데, 그게 문제로 똑같이 나온 게 아닌가?

'헐! 역시 선생님의 말씀이 맞았어!'

나는 기분이 좋아져 답을 빠르게 써 내려갔다. 사회는 객관식이 헷갈리는 문제가 많았지만 별 탈 없이 잘 푼 것 같다. 이제 나의 첫 중간고사도 모두 끝났다. 생각했던 것보다 매우 어렵진 않았고 떨리지도 않았다.

오늘을 바탕으로 앞으로 있을 시험들은 더 많이 잘 치고 싶다. 급식 먹고 하교를 하니 중간고사가 끝나서 놀러 가는 학생이 많았다. 아무래도 시험 끝난 게 모두의 행복인 것 같다. 나도 우리 반 여자애들과 코인 노래방에 갔다. 우리는 시험 치느라 쌓인 걱정과 스트레스를 날렸다.

1시간 즈음 지나고 다들 신나는 발걸음으로 집에 갔다. 나도 집에 도착하고 침대에 철퍼덕 누웠다. 나는 이제 첫 중간고사를 끝낸 거지만 모든 시험을 끝낸 것처럼 속이 후련했다. 시험 마지막 날이 금요일이어서 나는 주말 동안 쉬면서 편하게 주말을 보냈다.

월요일 아침, 오늘도 교실은 시끌시끌했다. 친구들은 시험에 대해 가장 많이 이야기하고 있었다. 그리고 종이 치고 선생님께서 들어오셨다.

"애들아, 시험 잘 쳤니?"

"아니요!"

우리는 하나같이 해맑게 대답하였다. 선생님께서는 오늘부터 진짜 시험 성적이 나온다고 말씀하셨다. 나는 서술형 정답이 엄청 궁금했다. 그리고 1교시 과학 시간이 됐다. 과학 선생님께서는 손에 시험지를 들고 들어오셨다. 그리고 시험 얘기도 하며 들어오셨다.

"얘들아, 중간고사 잘 봤지?"

"아니요!"

"선생님이 얼마나 문제를 쉽게 냈는데!"

"그래도 조금 어려웠어요!"

"아이고….."

선생님께서는 웃으면서 대답하셨다. 선생님께서는 이제 1번부터 차례대로 서술형 정답을 확인할 것이라고 말씀하셨다. 친구들은 다 같이 싫어하는 목소리를 냈다. 이제 한 명씩 한 명씩 앞으로 나와 정답을 확인했다. 이미 정답을 확인한 친구들은 서로 점수를 공유하고 있었다. 그리고 이제 내 차례가 왔다. 나는 두근거리는 마음으로 선생님께 다가갔다. 선생님께서는 내 시험지를 나에게 보여주셨다.

"앞에는 다 맞고, 뒷장에 이거는….."

답지를 보니 앞장은 다 맞았고, 뒷장에는 하나 틀린 게 있었다. 그렇지만 부분 점수를 받아서 5점짜리 문제에서 2점이 깎여 3점을 받았다.

"그럼 서술형은 32점에다가, 객관식은 2개 틀려서 58점이니 총 90점이네."

"아, 네! 알겠습니다."

내 과학 시험 점수를 다 확인한 후 내 자리로 돌아갔다.

'헐. 90점이라니! 생각보다 점수가 높네?'

나는 내가 생각했던 것보다 점수가 높아서 기분이 좋았다. 그래서 내 입꼬리가 수업 시간 내내 올라가 있었다.

"다민! 몇 점이야?"

막 점수를 확인하고 온 소이가 나에게 물었다. 그리고 이미 점수를 확인한 미예도 내 곁으로 다가왔다.

"점수는 우리끼리만 공유하는 거다?"

"물론이지!"

"나는 90점 받았어!"

내가 자신 있는 표정으로 얘기하니 미예와 소이 둘 다 놀란 듯 보였다.

"헐. 뭐야, 너 왜 이렇게 점수가 높냐?"

소이가 놀란 말투로 물었다. 나는 그저 웃을 뿐이었다.

"너네는 몇 점인데?"

"나는 뭐, 76점⋯."

미예가 웃으면서 대답했다. 미예는 이번 중간고사를 포기했다고 했었다. 그래도 포기한 거치고는 높은 점수였다.

"나는 87점!"

"아, 뭐야 김소이, 나한테 점수 높다 하더니 지도 점수 높네!"

내가 말하자 소이는 헤헤 웃었다. 과학뿐 아니라 다른 과목들도 똑같이 점수를 확인했다. 수학을 조금 못 치긴 했지만 거의 다 점수가 높게 나왔다. 그렇게 나의 첫 중간고사는 끝이 났다.

며칠 후 오늘은 체육대회 날이다. 그동안 운동회였는데 이제 체육대회라니 이름이 다를 뿐인데 더 설레는 느낌이었다. 나는 아침에 일어나 우리 반 반티를 입고 일찍 나갔다. 아침 7시 45분, 평소보다 일찍 도착한 나는 교실 문을 열었는데 많은 친구가 있었다.

다들 모여서 서로를 꾸며주며 놀고 있었다.

"다민! 왔어?"

먼저 온 미예가 나를 반겨주었다. 나도 얼른 가방을 놓고 친구들이 모인 쪽으로 갔다. 친구들은 얼굴이나 손에 타투 스티커를 붙이기도 하고, 화장하는 친구들도 있었고, 머리에 핀을 꽂는 친구들도 있었다.

"어! 이거 이쁘다. 이거 붙여도 돼?"

나는 타투 스티커 중 예쁜 꽃무늬 스티커를 발견했다.

"응! 너 하고 싶은 거 아무거나 해!"

타투 스티커를 가져온 친구가 재미있게 대답했다. 나는 손등에 물을 묻히고 스티커를 붙였다. 튀는 걸 많이 좋아하지 않는 나였기에 이 정도 꾸밈에 만족했다.

"안녕, 애들아!"

잠시 후 소이가 와서 인사했다. 소이는 꾸미는 걸 좋아하는 아이라 그런지 얼굴에는 스티커, 머리에는 핀이 꽂혀있었다.

"뭐야, 소이! 너 오늘 왜 이렇게 이뻐?"

평소보다 더 귀여워진 소이에 모습에 친구들은 칭찬을 쏟아부었다.

"너희도 다 이쁘면서. 꾸미는데 안 이쁜 사람이 어딨냐!"

우리는 장난을 주고받고 하하 웃으며 체육대회를 기다렸다. 어느새 종이 치고 선생님께서 들어오셨다.

"안녕, 애들아. 다들 체육대회 한다고 신났네. 이제 챙길 거 챙겨서 운동장으로 나오면 된다."

"네!"

선생님의 말씀이 끝나기 무섭게 친구들은 대담하고 밖으로 뛰어갔다. 물론 나도 그렇지만. 우리는 내려가는 도중 계단에 있는 거울 앞에서 사진도 찍었다. 다들 꾸민 만큼 사진을 건진다고 온종일 핸드폰을 손에 들고 있을 예정 같았다. 그렇게 사진을 찍고 우리 반 부스로 가 앉아있었다.

그렇게 각 반씩 나오더니 어느덧 전교생이 운동장에 다 나왔다. 준비운동을 간단히 끝내고 첫 번째로 달리기를 하였다. 나는 달리기를 아주 못하기 때문에 계주를 하지는 못했고 그냥 옆에서 친구들을 응원했다. 우리 반 계주로 뛴 친구가 열심히 해 2등을 하였다. 두 번째로 줄다리기를 했다. 줄다리기는 예선에서 이긴 두 반만 대결하는 건데 우리 반과 6반이 예선에서 이겨 대결하였다. 처음에는 우리가 이겼지만 두 번째 때는 우리가 끌려갔다.

"얘들아, 할 수 있어!"

"마지막이니까 이건 꼭 이기자!"

우리는 마지막 판은 무조건 이기자고 다짐하고 다들 한마음으로 줄을 당겼다. 결국 마지막 판은 우리가 이겨서 줄다리기를 우승했다. 줄다리기는 이번 체육대회 때 점수가 가장 높아서 다들 엄청나게 기뻐했다. 그리고 8자 줄넘기도 하고 댄스부, 밴드부 공연도 보고 내 첫 번째 체육대회가 끝났다. 우리 반은 2등으로 체육대회를 마무리했다. 1등을 하지 못해 아쉽기도 했지만 그래도 다들 최선을 다해 열심히 했기 때문에 즐거운 체육대회였다.

어느덧 5월 중순이 되었다. 이제는 수행평가를 하나둘씩 치기 시작했다. 수행평가 비율이 생각보다 컸기에 나는 열심히 공부했다. 열심히 준비해서 그런지 수행평가는 모든 과목 다 잘 친 듯했다. 비록 자신 있었던 영어에서 점수가 조금 깎여 아쉬웠지만, 이 정도는 괜찮았다. 그리고 곧 6월이 되고 시험 기간이 다시 시작되었다.

"아니, 왜 벌써 시험 기간이지?"

"그니까. 분명 엊그저께 중간고사 친 거 같은데."

"수행평가 치고 바로 기말고사라니!"

미예와 소이랑 나는 벌써 시험 기간인 게 믿기지 않았다. 또다시 시험공부 해야 한다는 생각에 머리가 지끈지끈했다.

그래도 지금 약 한 달 정도 남았으니 지금부터 조금씩 공부하면 되지 않을까?"

"그래. 중간고사 때는 내가 너무 놀았어. 이번에는 오늘부터 꼭 열심히 할 거야."

미예는 중간고사 때 너무 놀아 후회가 되는 듯 기말고사는 망하지 않겠다고 다짐했다.

"그럼 오늘부터 공부할 거야?"

나는 미예가 다짐을 지킬지 궁금해 물었다.

"음, 근데 아직은 안 해도 되지 않을까?"

"뭐야, 오늘부터 한다며!"

"생각해 보니 내일부터 해도 될 듯?"

맞다. 공부는 내일부터다. 우리 셋은 내일부터는 꼭 공부하기로 했다. 며칠 후 어느덧 기말고사가 1주일이 남았다. 벌써 코앞으로 다가왔다. 또다시 시험 친다는 걱정과 긴장이 몰려왔다. 그래도 중간고사 때보다는 공부를 열심히 하고 있어서 한편으로는 조금의 자신감과 안심이 생겼다. 그렇지만 너무 방심해서는 안 되기 때문에 끝까지 긴장감을 놓지 않았다.

기말고사 당일이 되었다. 기말고사는 중간고사보다 치는 과목이 늘어나 시험일도 3일로 늘어났다.

"시험을 3일이나 연달아 봐야 한다니!"

"그러니까. 난 망했다 망했어."

난 아침 일찍 학교에 와 먼저 와있는 친구들과 조금의 이야기를 주고받았다. 친구들은 다들 공부를 많이 안 했다고 하던데, 이런 친구들의 눈은 눈꺼풀이 반쯤 감겨있는 모습이었다. 밤새 공부를 한 모습이었다. 아침 종소리가 울렸다. 이제 1학기 시험이 끝이라고 생각하니 마음속은 후련했다. 아직 2학기가 남았긴 하지만….

집중해서 문제를 풀다 보니 벌써 오늘 시험이 끝났다. 오늘은 국어, 영어를 쳤는데 둘 다 문제가 쉬운 편이라 잘 푼 듯했다. 시험 치는 날은 항상 일찍 마쳐서 가벼운 발걸음으로 집에 가곤 한다. 그렇게 그다음 날, 모레까지 시험을 치고 드디어 기말고사가 끝이 났다.

"드디어 시험 끝!"

"아, 이제 곧 여름방학이다."

"헐, 완전 좋아!"

기말고사가 끝나서 기쁜 우리 셋은 곧 올 여름방학을 기다리며 기쁘게 이야기를 했다. 아 기말고사 성적은 나쁘지 않게 나왔다. 사회가 어려워서 좀 헤매긴 했지만, 공부를 열심히 해서 그런지 중간고사 때보다 더 좋은 성적이 나왔다. 수학 점수는 12점이 더 올라서 엄청 뿌듯했다. 그래서 기쁜 마음으로 기말고사를 잘 마무리했다. 그나저나 입학한 게 엊그제 같은데 약 한 달 뒤에는 여름방학이라니. 시간은 빨라도 참 빨리 가는 것 같다. 방학은 특히 시간이 더 빨리 가서 금방 개학일 텐데. 벌써 2학기가 기대된다. 난 빨리 여름방학이 왔으면 좋겠지만 꼭 이럴 때만 시간이 늦게 가곤 한다. 한 달 언제 기다리지? 제발 여름방학이 나에게로 빨리 다가왔으면 좋겠다!

그렇게 1주일, 2주일, 어느덧 한 달이 흘러 여름방학이 코앞으로 다가왔다.

드디어 내일이 여름방학식이라니!

생각만 해도 미소가 지어진다. 나는 설레는 마음으로 얼른 침대에 누워 잠자리를 청했다.

"오늘 여름방학식!"

다음날이 되고, 소이가 신이 난 말투로 반에 들어왔다.

"드디어 여름방학이네. 근데 여름방학이면 뭐해? 학원 가야 하는데."

미예가 한숨 쉬며 말을 내뱉었다.

"왜 내 환상을 깨뜨리고 그러냐. 벌써 슬프네."

"그래도 학교 안 오는 게 어디야 난 그걸로도 좋은데?"

내가 말하자 미예와 소이는 인정하는 듯 고개를 끄덕였다. 10분 후, 언제나 그랬듯 오늘도 종이 울리고 선생님께서 들어오셨다. 선생님의 환한 얼굴을 보니 어쩜 우리보다 더 신이 나신 듯했다.

"애들아, 방학식이어도 너무 들떠있지 말고 평소처럼 잘하자~."

"네!"

"참, 오늘 점심 먹고 바로 하교인 거 알지? 밥 먹었으면 바로 가면 돼."

앗싸. 몰랐던 사실이어서 난 더 기뻤다.

"1, 2교시는 여름방학식 방송하니까 잘 듣자."

또 방학식 때는 수업을 안 해서 좋다. 1, 2교시는 방학식 방송, 3, 4교시는 대청소하고 밥 먹으면 하교라니. 역시 방학식은 꿀이다. 내가 행복해하던 사이 여름방학식 방송이 시작되었다. 처음에는 집중하여 방송을 잘 보았지만, 자꾸만 길어지는 교장 선생님의 말씀이 지루해지기 시작했다.

'하. 방송 언제 끝나냐.'

반 아이들 대부분이 지루해져 갈 때 즈음 시계를 보니 2교시가 끝나기 30분 전이었다.

'시간 왜 이렇게 안 가냐. 교장 선생님 제발 빨리 끝내주세요….'

드디어 길고 길었던 교장 선생님의 말씀이 끝나니 방송도 끝이 났다. 선생님께선 여름방학 통신문도 나눠주시고 여름방학 숙제도 한 번 더 말해주셨다. 그러고 나니 이제 대청소 시간이 왔다. 평소에 청소하려 하면 귀찮기도 하고 하면 힘든데, 친구들과 다 함께 청소하니 쉽고 빠르게 끝낼 수 있었다. 어느덧 깨끗해진 교실을 보니 마음이 뿌듯했다.

"청소 열심히 하니까 배고프다."

"인정. 우리 밥 언제 먹냐?"

내가 이 말을 하자마자 곧바로 종이 울렸다. 우리는 바로 급식실로 전력 질주했다. 그렇게 설거지를 하듯 급식을 깨끗이 먹고 바로 하교를 하였다. 우리 셋은 여름방학 때 한번 만나자는 이야기를 하며 헤어졌다.

이제 길면 길었고 짧으면 짧았던 내 1학기가 끝이 났다. 고작 한 학기가 끝이 난 건데 왜 이렇게 힘든 느낌일까? 중학교에 입학하면서 낯선 환경과 사람들을 만나서 새롭고 서툴기도 했지만, 즐거운 순간들도 참 많았던 것 같다. 2학기가 되면 또 어떤 일들이 일어날지 벌써 기대가 된다. 2학기도 지금처럼 잘 지나가면 좋겠다!

몇 개월이 지나, 안 지나갈 줄 알았던 시간도 흐르고 흘러 벌써 종업이 다가왔다. 벌써 나의 순수하고 즐거웠던 1학년 시절도 지나간 것이다.

"드디어 종업이다!"

"내년에도 우리 셋이 같은 반 돼야 하는데."

"그러니까. 근데 왜 벌써 종업이지?"

우리는 벌써 1학년이 끝난 게 아쉽기도 하지만 곧 올 2학년 생활을 기대하며 즐거운 분위기로 종업식을 마무리했다.

사실 아직은 1학년이 끝이 난 게 실감이 나지 않는다. 분명 엊그저께 입학하고 친구들과 어색했었는데 왜 벌써 종업일까? 내가 1학년 생활을 할 땐 시간이 엄청 느리게 간다고 생각했었는데, 막상 종업이 다가오니 시간이 빠르게 간다는 걸 느꼈다. 종업해서 기쁜 마음도 있지만 때로는 조금 시원섭섭한 마음도 있는 것 같다. 중학교에 입학하고 정말 많은 걸 경험한 것 같다. 벌써 2학년 생활이 기대된다.

2학년 생활에선 어떤 일들이 벌어질까?

 작가의 말

처음에는 이 동아리가 책쓰기 활동을 하는 동아리인지 모르고 들어왔
다. 그래서 처음에는 당황했고 내가 과연 책을 쓸 수 있을지 나 스스로
확신이 많이 없었다. 나는 글을 써본 적도 많이 없고 어떻게 써야 할지
생각이 떠오르지 않았기 때문이다. 그래도 이미 이 동아리에 들어와 버
렸기 때문에 이왕 들어온 김에 잘 쓰고 싶은 마음이 커졌다.

나는 내가 쓸 주제와 비슷한 책들을 많이 읽어보고 참고해서 글을 쓰
기 시작했다. 글을 쓸 때 이렇게 써보고 저렇게 써봐도 문장이 마음에
안 들 때가 많아 항상 쓰고 지우고를 반복했다. 그럴 때마다 지치고 힘
들기도 했다. 그래도 내가 처음으로 쓰는 책이니까 끝까지 열심히 쓰려
고 노력했다. 결국 책 결말까지 다 쓰게 되어 나 스스로가 매우 뿌듯했
다. 하지만 아직 많이 부족한 실력이기 때문에 나중에 또 이런 책을 쓸
기회가 온다면, 그때는 지금보다 더 좋아진 실력으로 글을 쓰고 싶다.

이 책은 14살 여학생의 중학교 생활에 관한 이야기이다. 이 주제로
글을 쓴 이유는 누구나 한 번쯤은 경험할 만한 학교생활 이야기이기에
나의 또래 친구들은 이 책을 읽으면서 공감대 형성을 하고, 또 어른들은
이 추억을 다시 떠올려 볼 수 있으면 하는 바람으로 글을 썼다. 나의 의
도가 잘 전달되어 글을 읽는 사람들이 이 책을 즐겁게 읽었으면 한다.

짝사랑

박지영

빛나는 학교에 다니다 보니 점점 승빈이가 좋아지기 시작했다. 사실 빛나는 새 학기 첫날부터 승빈이에게 호감이 갔었다. 학교를 마치고 빛나는 학원에 갔다. 그날은 학원에서 선생님이 바뀌는 날이었다. 빛나는 나라와 함께 긴장되는 마음으로 반에 들어가는 순간 그 자리에는 승빈이가 앉아있었다. 빛나는 혹시나 선생님께 혼이나 승빈이에게 안 좋은 이미지를 남길까 봐 걱정되었다.

다음 날 빛나는 학교로 갔다. 승빈이는 아직 오지 않은 상태였다. 잠시 후, 승빈이가 교실로 들어왔다. 그 순간 빛나의 심장은 요동치기 시작했다. 승빈이는 그런 빛나의 마음을 알 리가 없었다. 바로 그때 승빈이가 말을 걸었다.

"오늘도 선생님께 놀자고 하고 싶지 않아?"

"그러니까."

빛나가 말했다.

빛나는 승빈이가 먼저 말을 걸어줬다는 것에 심장이 두근거렸다. 점심시간 승빈이는 영어 숙제를 하고 있었다. 승빈이는 반 5등 안에 들 정도로 공부를 잘하는 아이였다. 빛나는 승빈이에게 말을 걸어보았다.

"열심히 하네. 그만큼 좋은 결과가 나와서 좋겠다."

승빈이는 무뚝뚝한 말투로 말했다.

"그냥 시켜서 하는 거지."

빛나는 고민 끝에 한 말이었는데 승빈이가 너무 무뚝뚝한 말투로 말해서 살짝 서운했다.

학교가 끝난 뒤 빛나는 나라와 함께 학원으로 갔다. 승빈이는 매일 학원에 일찍 와서 공부를 먼저 하는 아이였다. 학원 선생님이 학원 아이들끼리는 전화번호를 주고받으라고 했다. 빛나는 다른 애들이 뭐라고 할까 봐 승빈의 전화번호를 제일 먼저 묻고 싶었지만 묻지 못했다. 그 순간 승빈이가 다가왔다.

"너 전화번호는 뭐야?"

빛나는 심장이 터지는 줄 알았다.

"나? 나 010-1234-5678. 네 전화번호는 뭐야?"

"나는 010-9876-5432."

그렇게 승빈이와 빛나는 전화번호를 교환했다. 집에 와서 빛나는 숙제를 해야 하지만 승빈이의 생각에 숙제가 머리에 들어오지 않았다. 그래도 애써 마음을 잡고 다시 숙제를 시작했다. 다음 날이 되었다. 빛나는 승빈이에게 잘 보이려고 예쁜 옷으로 골라 입었다. 승빈이는 그날따라 잘생겨 보였다. 빛나는 그날따라 승빈이와 말을 더 많이 하고 싶었다. 승빈이는 빛나의 마음을 알았는지 먼저 말을 걸어주었다.

"뭐해??"

"나? 나 영어단어 외우고 있었어."

"오오. 쉬운 거 외우네. 부럽다."

"쉽지. 근데 쉬운 거 외우니까 이미 알고 있는 거 외우는 느낌이라 좀 지루해."

"그렇긴 하겠다. 근데 어려워서 다 틀리는 거보다 낫잖아."

"그렇긴 해."

빛나는 처음 승빈이와 말을 오래 해보아서 기분이 좋았다.

학교가 마치고 빛나는 친구와 집으로 갔다. 빛나는 학원가기 전에 시간이 있으니 놀다 가야 한다고 생각하며 유튜브를 보며 놀고 있었다. 2시 35분, 빛나는 승빈이로부터 한 문자를 받았다.

"뭐 하고 있어?? 나 심심한데 얼른 와."

"너 3시 수업인데 벌써 도착했어?"

"응, 도착해 있어."

"헐. 나도 최대한 빨리 갈게."

빛나는 다른 친구들이 오기 전에 승빈이와 둘이서 더 많은 이야기를 하기 위해 늦지도 않았지만, 학원으로 달렸다.

"빨리 왔네."

"생각보다 일찍 왔지."

"애들은 언제 오려나."

"금방 오지 않을까?"

빛나는 친구들이 빨리 오지 않길 빌었지만, 공감해 주고 싶은 마음에 그냥 아무 말이나 내뱉어 버렸다. 빛나와 승빈이는 학교에 관한 얘기를 하였다.

"우리 반 선생님 정말 좋지 않아?"

"맞아. 선생님 아주 착하고 좋아."

승빈이는 무뚝뚝한데 빛나와 얘기하면 뭔가 말투가 부드러웠다. 빛나는 그걸 보고 승빈이에게 조금 더 호감이 생겼다.

잠시 후, 친구들은 생각보다 일찍 도착했다. 빛나는 승빈이와 별로 얘기를 하지 못해서 아쉬웠다. 친구들은 빨리 왔지만, 시간은 많이 남은 상태였다. 학원 친구들은 선생님이 뽑아주신 숨은그림찾기를 다 같이 하고 있었다. 학원이 끝난 뒤 아이들은 집으로 갔다.

다음 날 학교에서 빛나는 승빈이로부터 충격적인 이야기를 들었다.

"나 다음 달부터 수학학원 안 다녀."

"어? 갑자기 왜?"

"할머니가 다른 데 다니래."

"헐. 너 다닌 지 한 달도 안 됐잖아."

"그렇긴 한데 할머니가 다른 데 다니라는데 어쩌겠어."

"그렇긴 하겠네."

빛나는 승빈이와 붙어있는 시간이 줄어들어서 아쉬웠다. 빛나는 학교를 마치고 학원에 갔지만 학원에는 승빈이가 없어서 쓸쓸한 느낌이 들었다. 선생님은 시험을 치자고 하셨다. 친구들은 승빈이가 있었을 때 쳤어야 하는데 하며 아쉬워했다. 빛나는 승빈이 얘기를 계속 들으니 승빈이와 같이 다니던 때가 그리웠다.

다음 날, 학교에서 빛나는 친구들과 놀고 있었다. 그때 빛나는 승빈이에게 말을 걸었다.

"우리 어제 수학학원에서 시험을 쳤는데 애들이 너 있었을 때 쳤어야 한다면서 그랬는데."

"와, 어제 시험 쳤어? 너 잘 쳤어?"

"나? 어떨 거 같은데?"

"음… 네 실력이면 잘 쳤을 거 같은데?"

"음… 맞아. 잘 쳤지."

빛나는 승빈이와 사소한 것이라도 이야기를 할 수 있어서 기뻤다.

점심시간 빛나는 학원 숙제를 덜 해 승빈이에게 물어보려고 승빈이에게 갔다. 승빈이는 자신도 공부하는 셈 치고 알려주기로 했다. 며칠 뒤 금요일 저녁 빛나는 승빈이에게 문자를 보냈다.

"내일 시내 갈 수 있어?"

"갑자기 왜??"

"그냥 시내에 가서 놀려고."

"가능해?"

"잠깐만, 할머니한테 물어볼게."

"물어보고 와."

빛나는 승빈이와 놀 수 있을 거란 생각에 기뻤다.

잠시 뒤 승빈이에게서 답장이 왔다.

"갈 수 있어."

"오, 시내에 가서 하고 싶은 거 있어?"

"음, 난 없는데 넌 하고 싶은 거 없어?"

"음, 난 '인생네컷' 찍고 싶어."

"같이?"

"응, 같이."

"음, 알겠어."

"진짜 같이 찍어주는 거야?"

"같이 찍어준다니까."

"오, 그럼 계획을 세워보자."

"그래, 일단 만나는 건 1시에 만날래?"

"음, 그래. 점심은 만나서 먹을래?"

"먹고 가는 게 낫지 않아?"

"그럼 집에서 먹고 만나서 1시에 버스를 타서 시내로 가자."

"그래, 그럼 시내에 가서 일단 '인생네컷'부터 찍자."

"그다음은 관람차 타는 거 어때?"

"오, 나 그거 타보고 싶었는데 타자!"

"그러면 '인생네컷' 찍고 관람차 타고 그다음은 뭐하지?"

"음, 거기 공원 있던데 아니면 음료수나 먹을 거 사서 먹으면서 돌아다녀 볼래?"

"그래! 돌아다니다가 하고 싶은 거 있으면 그때부터는 즉흥적으로 하는 거 어때?"

"그래! 그럼 내일 1시에 만나자."

다음 날, 빛나는 승빈이에게 잘 보이고 싶어 친구에게 무슨 옷이 더 예쁘냐고 물어보고 나름대로 엄청 신경을 써서 나갔다. 빛나는 너무 긴장돼서 빨리 준비한 탓인지 준비를 다 하니 30분이나 일찍 출발해 버렸다.

"어디야?"

"나? 나 아직 집인데?"

"아, 그렇구나. 나 너무 일찍 도착해 버렸다. 교통카드 충전하고 있을게."

"그래, 최대한 빨리 갈게."

"알겠어."

빛나는 승빈이를 만난다는 생각에 긴장이 되었다. 잠시 후 승빈이가 도착했다.

"생각보다 일찍 왔네."

"네가 너무 일찍 나왔다길래 기다릴까 봐 빨리 나왔지."

"좀 감동인데?"

"그래? 그럼 다행이네."

승빈이와 빛나가 말하는 동안 버스가 도착했다.

"너 먼저 타."

빛나는 왠지 모르게 설렜다.

승빈이와 빛나는 버스에 탔다. 승빈이는 빛나의 옆에 앉았다.

"뭐야, 왜 안 하던 짓을 하고 그래."

"왜, 싫어? 싫으면 다른 데 앉고. 네가 두 명 앉는 자리에 앉았길래 옆에 모르는 사람이 앉으면 별로일 거 같아서 옆에 앉았지."

빛나는 내심 설렜다.

"아니 뭐, 싫은 건 아니고."

"그렇다면 다행이네."

"다행이긴 뭐가 다행이야, 다른 애들이 보면 어쩌려고."

"다른 애들이 볼일이 뭐가 있냐."

"혹시 알아? 다른 사람이 볼지."

"그럴 수도 있긴 하겠네."

빛나와 승빈이는 이것저것 이야기를 하는 사이 시내에 도착해 있었다. 빛나와 승빈이는 버스에서 내린 뒤 '인생네컷'을 찍으러 갔다. 빛나는 승빈이에게 웃긴 가발을 추천해 보았다. 승빈이는 웬일인지 빛나의 권유를 들어주었다. 빛나와 승빈이는 '인생네컷'을 찍고 나와 이야기를 했다.

"아니, 이 사진 나 너무 못 나온 거 아니냐."

"왜, 예쁘게 나왔는데."

"이게 예쁘다고?"

"왜, 예쁘잖아."

"누가 봐도 못 나왔는데…. 너 나 좋아하냐?"

승빈이는 아무 말도 하지 않고 넘어가려 했다.

"에이, 왜 말이 없냐? 진짜 나 좋아해? 좋아할 수도 있지. 말해 봐."

빛나는 승빈이가 말을 안 하니 더욱더 궁금해졌다.

"좋아하면 어쩔 건데?"

"어? 그냥 친구처럼 지내든지 사귀든지 둘 중 하나겠지, 왜 진짜 좋아하냐?"

"조용히 하고 다른 데나 가자."

승빈이는 아무 말 없이 넘어갔다.

잠시 후 빛나와 승빈이는 관람차를 타러 갔다. 빛나는 타보고 싶었던 관람차를 처음으로 승빈이와 타본다는 것에 설렜다. 승빈이와 빛나는 관람차를 다 타고 나와서 음료수를 먹으러 갔다.

"넌 뭐 먹을래?"

"음, 난 딸기 라떼?"

"그럼, 난 요거트 스무디 먹을게."

"알았어! 주문한다."

잠시 후 음료가 나왔다. 빛나와 승빈이는 음료수를 먹으며 공원을 걸으며 산책을 했다.

"…갑자기 왜 이렇게 어색하냐."

"그러니까 갑자기 둘 다 말이 없어."

"나 먹을 때는 말이 좀 없는 편이라서 그래."

"나도 그런데 우리 좀 잘 맞네."

"그렇네. 아니 우리 반 애들 진짜 이상하다니까."

"왜?"

"아니, 맨날 우리 둘이 썸 탄다고 놀리잖아."

"맞는 말이긴 해."

"뭐가 맞는 말인데?"

"진짜 솔직히 그런 소문 날 만하잖아. 인정할 건 인정해야지."

"그렇긴 하지."

"그래, 당사자들이 봐도 그럴 만한데 남이 보면 오죽하겠냐."

"그렇네…."

"이제 가자. 벌써 5시다."

"그러게 더 늦기 전에 가자, 위험하겠다."

빛나와 승빈이는 다시 버스를 타고 집으로 돌아갔다.

"내일 학교에서 보자!"

"그래, 조심해서 가!"

"너도!"

빛나는 오늘 실수한 건 없는지 집에 가는 길에 다시 하루를 되돌아보았다. 빛나는 갑자기 문득 생각이 들었다.

'갑자기 승빈이가 왜 나랑 단둘이 시내를 가준 거지? 여자애랑 둘이 간 게 들키면 애들이 난리 칠 텐데?'

빛나는 내일 학교에 가서 물어봐야겠다고 생각했다.

다음 날 학교.

"승빈아, 나 궁금한 게 있는데."

"어? 뭔데 말해봐."

"잠깐만, 애들이 있는 곳에선 말하기 좀 그래."

승빈이는 갑자기 심각한 일이라도 생겼나? 내가 무슨 잘못이라도 했나? 별생각이 다 들었다.

"너 어제 왜 나랑 단둘이 시내 가준 거야?"

"어? 네가 같이 가달라며."

"아니, 애들이 오해할 만한데 너 우리 둘이 사귄다는 소문 싫어하잖아. 근데 애들이 우리 둘이 시내에 간 거 들키면 또 사귄다고 소문낼 텐데 네가 갑자기 왜 같이 가줬나 궁금해서."

"난 네가 같이 가달라고 했고, 나도 주말에 할 것도 없고 해서 같이 가준 거지. 왜 싫어?"

"아니, 애들이 소문내는 거 싫어하는 네가 같이 가주길래 다른 생각이 있어서 같이 가준 건가 싶어서."

"별생각을 다 하네. 역시 너답다."

"내가 뭐 어때서!"

"너 엉뚱한 생각 많이 하잖아."

"무슨 소리야! 아니거든!"

빛나와 승빈이는 등교 시간 복도에서 이야기하고 있었다. 그러다 등교하는 승환이를 만났다.

"오? 이 상황 뭐야? 왜 너희 둘이 그렇게 알콩달콩 싸우고 있어?"

빛나와 승빈이는 당황해서 동시에 말해버렸다.

"아니거든!"

"너희 둘이 동시에 말하는 거 보면 맞는 거 같은데?"

"아니라니까!"

"봐봐, 너희 둘이 계속 동시에 말하잖아. 텔레파시가 잘 통하나 보지."

빛나와 승빈이는 의도치 않게 계속 잘 맞아서 당황스러웠다. 그 순간 갑자기 종이 쳤다.

"으악! 지각이다. 안 돼!"

빛나와 승빈이는 다행이라 생각하고 반에 들어갔다.

1교시 쉬는 시간이 끝나고 빛나와 승빈이는 얘기를 하고 있었다. 그때, 같은 반 승환이가 빛나와 승빈이에게 다가왔다.

"아니, 그래서 아까 그 상황 뭔데."

빛나는 아닌데 계속 이상한 분위기로 몰아가서 순간 화가 나서 성질을 내버렸다.

"아니라니까!"

"왜 화를 내고 그래? 알겠어. 미안해."

승환이는 사과를 하고 다른 친구들에게로 갔다. 승빈이는 빛나에게 말했다.

"할 말 있어. 잠깐 복도로 따라 나와봐."

빛나는 승빈이가 화가 난 목소리로 말을 해 당황했다. 빛나는 승빈이의 뒤를 따라 복도로 따라 나갔다.

"왜 승환이한테 화를 내고 그래."

"아니, 내가 화를 내고 싶었던 게 아니라, 걔가 아니라는데 계속 몰아가길래 순간 욱해서 나도 모르게 그렇게 된 거야."

"그래도 승환이는 많이 당황했을 거야. 나중에 보고 사과하는 게 좋을 거 같아."

"알겠어."

빛나는 승빈이가 자기 일도 아닌데 갑자기 자기가 화를 내서 당황스러웠다. 쉬는 시간이 끝나고 2교시 쉬는 시간, 선생님께서 자리를 바꾼다고 하셨다. 빛나는 승빈이의 앞자리가 되었다. 빛나는 내심 기뻤다. 자리를 바꾸고 승빈이는 빛나에게 말을 걸었다.

"아까 화내서 미안."

"아니야, 내가 먼저 승환이한테 화내서 시작된 일인데 뭐."

"삐쳤어??"

"아니거든!"

"맞는 거 같은데?"

"아니야!"

"믿어줄게."

승빈이는 괜히 빛나에게 장난을 쳤다.

"선생님께 혼날라. 앞을 봐."

승빈이는 빛나에게 말을 걸고 다시 하던 숙제를 했다. 자리를 바꾼 후 수학 시간이 되었다. 빛나는 모르는 문제가 있었는지 승빈이에게 물어봤다.

"승빈아, 이거 어떻게 풀어?"

"이것도 모르면 어떻게 해."

"모를 수도 있지!"

"이따가 쉬는 시간에 알려줄게."

"알겠어."

잠시 후 쉬는 시간 빛나는 다시 승빈이에게 모르는 문제를 물었다.

"이거 어떻게 해?"

"아 맞다, 그건 이렇게 하는 거야."

승빈이가 문제를 알려주는 모습을 보고 반 친구는 둘이 사귀는 줄 알고 다른 친구들에게 이야기했다.

"얘들아! 승빈이랑 빛나랑 사귀나 봐!"

승빈이와 빛나는 당황했다.

"무슨 소리야?"

"너희 그렇게 붙어서 얘기하고 있었잖아!"

"아니, 우리 수학 문제 알려주고 있었어!"

"아, 그래? 미안."

"괜찮아."

빛나는 매일 승빈이와 사귄다는 소문이 돌아서 힘들었다.

"야, 우리는 왜 맨날 사귄다는 소문이 도는 거야?"

"우리가 맨날 붙어있으니까 그런 거 아니야?"

"그런가."

빛나는 승빈이와 그렇게 붙어있나 싶어서 나라에게 물어보러 갔다.

"나라야, 승빈이랑 나랑 그렇게 많이 붙어있어?"

"응."

"엥? 그렇게 많이 붙어있어?"

"아주 많이."

"그렇구나. 고마워!"

"응."

빛나는 승빈이와 그렇게 많이 붙어있는지 처음 알았다.

"승빈아, 우리가 그렇게 많이 붙어있었대."

"엥, 그랬구나."

종이 치고 빛나와 승빈이는 자리로 돌아갔다.

그다음 교시, 선생님은 짝을 정한다고 하셨다. 선생님은 앞뒤로 짝이 된다고 하셨다. 빛나는 승빈이와 같이 짝이 되어서 기뻤다. 선생님은 모둠끼리 조사를 하라고 하셨다. 선생님께서는 수업 시간엔 시간이 없다고 어쩔 수 없이 모둠들이 시간이 될 때 만나서 조사를 하라고 하셨다. 승빈이는 빛나에게 학원이 없는 주말에 만나자고 했다. 빛나와 승빈이는 주말에 놀이터에서 만났다.

"근데 우리 놀이터에서 조사할 거야?"

"카페 같은 데 가서 해야 하지 않을까?"

"그래야지, 카페로 가자."

빛나와 승빈이는 근처 카페로 갔다.

"근데 우리 발표도 해야 하잖아."

"맞네. ppt는 누가 만들래?"

"내가 만들게!"

승빈이는 ppt를 만들기로 했다. 승빈이는 집에 가서 ppt를 만들었다. 승빈이는 대충 어떻게 만들면 좋을지 빛나에게 연락을 해보았다.

"우리 ppt 어떤 식으로 만들면 돼?"

"일단 시작 부분에 뭘 발표할 건지 적고, 그다음에 차례 같은 거 적고 그다음부터 설명하면 되지 않을까?"

"알겠어. 다 만들고 보여줄게."

승빈이는 빛나에게서 들은 형식으로 ppt를 만들기 시작했다.

잠시 후, 승빈이는 ppt를 만들던 중 갑자기 ppt가 이상하게 만들어지는 느낌이 들었다.

"빛나야, 내가 ppt 이상하게 만든 거 같은데 파일 넘겨줄 테니까 들어가서 수정 좀 해줘."

"알겠어."

승빈이는 문자로 ppt를 넘겨주었다. 빛나는 ppt를 다 만들고 승빈이에게 다시 넘겨주었다.

"다 만들었어. 확인해 봐."

"알겠어."

빛나와 승빈이는 그렇게 ppt를 다 만들었다.

다음 날, 학교에서는 선생님께서 발표를 시작할 거라고 하셨다. 잠시 후, 선생님께서는 이번 발표는 수행평가라고 하셨다. 빛나와 승빈이는 준비를 열심히 해 좋은 성적을 거두었다. 승빈이와 빛나는 기분이 좋았다. 쉬는 시간, 승빈이는 빛나에게 먼저 말을 걸었다.

"그래도 뭐 열심히 했는데 결과도 좋으니까 기분 좋지 않아?"

"그렇긴 해, 근데 애들이 이상하게 생각하는 거 아니야?"

"어떻게?"

"아니 뭐 사귄다거나…."

"에이, 설마 그러겠어?"

"그럴 거 같은데."

"아, 진짜 이상한 생각 좀 하지 마."

"아, 왜 성질이야."

"내가 뭘! 아 맞다. 나 이거 어떻게 푸는지 모르겠어. 이것 좀 알려줘."

"뭔데 보자."

"이거 알려주면 돼."

승빈이는 빛나에게 문제를 친절히 알려주었다.

"아, 진짜 고마워. 내가 풀 때 진짜 답이 안 나와서 어떡하나 걱정했는데 다행이다."

"이 정도도 못 푸냐. 어휴 바보."

승빈이는 괜히 빛나를 놀렸다.

"못 풀 수도 있지, 왜 그래!"

"그래, 그럴 수 있긴 하지."

종이치고, 빛나와 승빈이는 자리로 돌아갔다.

이번 시간은 음악 시간이었다. 음악 선생님께서는 모둠을 짜서 모둠끼리 합주를 해 수행평가를 한다고 하셨다. 빛나는 승빈이와 같이하고 싶었지만 먼저 같이하자고 말은 하지 못했다.

점심시간, 빛나는 나라에게 너는 누구랑 하기로 했냐고 물었다. 나라는 승빈이와 하기로 했다고 했다. 빛나는 자기가 승빈이를 좋아하는 것을 알면서 나라가 먼저 승빈이와 한다는 것에 배신감을 느꼈다. 빛나는 자기도 같이하면 안 되냐고 물었다.

"나도 같이하면 안 돼?"

"네가 같이하면 서연이는 어떻게 해?"

"우리 모둠에 누구누구 있는데?"

"승빈이 나, 너, 승빈이 친구."

"선생님이 최대 4명이라고 하셨잖아."

"맞지?"

"그럼 서연이는 어떻게 해?"

나라는 잠시 생각을 했다.

"아니면, 내가 빠질게."

"너 그래도 괜찮겠어?"

"괜찮아, 난 다른 애들이랑 하면 되지."

"알겠어. 승빈이한테 말해볼게."

빛나는 승빈이에게 말하러 갔다.

"너, 나라랑 같이 모둠 하기로 했었어?"

"응."

"아, 그래? 근데 나랑 서연이랑 나라는 같이 해야 하는데, 우리가 할 친구가 없어서 서연이가 나가고, 우리 둘이 들어가게 됐어."

"갑자기?"

"어쩌다 보니 그렇게 됐어."

"아, 알겠어."

빛나는 원하던 대로 승빈이와 같은 모둠을 하게 되었다. 한편으로 빛나는 서연이를 내쫓은 거 같아서 미안하기도 했다.

"빛나야."

서연이가 갑자기 빛나를 불렀다. 빛나는 당황하며 대답했다.

"어?"

"혹시나 네가 나 내쫓은 거라고 생각은 하지 않았으면 좋겠어. 혹시나 마음이 불편할까 봐 말하는 거야."

"아, 진짜? 안 그래도 그것 때문에 살짝 불편했는데, 먼저 말해줘서 고마워."

빛나는 불편한 마음을 가지고 있었지만 서연이가 먼저 그렇게 말해줘서 고마웠다. 빛나는 승빈이에게 언제 연습할 것이냐고 물었다. 승빈이는 주말에 만나서 하자고 했다.

그리고 주말, 승빈이와 빛나는 집 근처 놀이터에서 만났다. 승빈이와 빛나는 1시간 동안 연습을 하고 집으로 돌아갔다.

그리고 몇 주 뒤, 수행평가 날이었다. 승빈이와 빛나 모둠은 4번째 순서였다. 빛나와 승빈이, 승환이가 나가게 되었다. 나라는 코로나에 걸려 그날은 같이 못 하게 되었다. 빛나와 승빈이, 승환이가 발표를 하러 나가자 다른 아이들은 커플들 사이에 승환이가 끼어있는 거라면서 놀리기 시작했다.

"아~ 승환아, 커플들 사이에서 그러면 안 되지."

빛나와 승빈이는 애써 모른 척을 하고 발표할 준비를 시작했다. 발표가 끝난 후 교실에서 승빈이는 말했다.

"우리 그래도 연습한 거에 비하면 잘하지 않아?"

"그러게, 우리 만나서 연습했을 때는 엉망진창이었는데. 우리는 실전에 강한가 보다."

승빈이는 웃었다. 빛나는 집에 가서 궁금한 것이 생겼다. 빛나는 어느 날부터 승빈이가 빛나에게 너무 잘해준다고 느꼈다. 빛나는 승빈이가 자신을 좋아하는지 궁금하게 되었다. 빛나는 승빈이가 자신을 좋아하는 것도 아니고 싫어하는 것도 아니라고 할까 봐 걱정되었다. 그래도 빛나는 승빈이를 많이 좋아했기에 승빈이도 자신을 좋아해 주면 좋겠다고 생각했고 승빈이에게 자신을 좋아하는지 물어보러 갔다.

"승빈아, 나 물어볼 게 있어."

승빈이는 갑작스러워서 당황했다.

"뭔데?"

"너, 나 좋아해?"

사실상 빛나는 전교에 예쁘고 성격도 좋다고 소문이 다 나있어서 승빈이가 빛나를 좋아한다 해도 이상한 게 없었고, 승빈이도 잘생기고 성격도 좋다고 소문이 자자해서 빛나가 승빈이를 좋아하는 것도 이상한 일이 아니었다. 승빈이는 잠시 고민하더니 말했다.

"…응."

빛나는 어느 정도 예상은 하고 있었지만, 갑자기 맞다고 하니까 당황스러웠다. 빛나가 말을 하려는 순간 승빈이가 먼저 말했다.

"나는 너 좋아하는데 너는 나 어때?"

빛나는 잠시 고민하더니 말했다.

"나도 사실 너 좋아해…."

빛나가 말을 하고 있는데 승빈이가 가로채고 먼저 말했다.

"나랑 사귈래?"

"…그래!"

 작가의 말

    처음에는 이 동아리에 들어올 때는 책 읽기라고 쓰여있어 책을 읽고 독후감을 쓰는 동아리인 줄 알고 들어오게 되었다. 하지만 동아리 첫 수업 때 책을 쓰는 동아리라는 것을 알게 되었다. 처음에는 걱정이 많이 되었다.

    '실제로 책을 쓰는 작가들이 쓰는 이런 100쪽 넘는 책을 내가 과연 쓸 수 있을까?'라는 생각이 들었다. 그리고 나는 책을 써본 적이 별로 없어 잘 쓸 수 있을 거 같지 않았다. 이렇게 소설을 써본 적은 처음이었다. 써본 거라곤 논술 학원에서 쓴 독서감상문, 시, 수필, 일기, 기사문, 설명문, 논설문 등 그런 글밖에 없었다. 써봤자 한 장, 많으면 두 장이었다. 그런데 내가 책을 써야 한다니….

    처음에는 너무 부담이 컸다. 하지만 이 책은 나 혼자 쓰는 것이 아니라 여러 명을 모아 그 사람들이 쓴 글과 내 글을 함께 모아서 만드는 책이었다. 선생님께서 매주 화요일마다 내는 거라고 하셨다. 나는 그렇게 부지런하게 못 낼 거 같아 걱정되었다. 처음에는 위기가 많았다. 그리고 매주 화요일마다 내라고 선생님은 말씀하셨지만 내지 않는 아이들도 많아서 나도 안 내고 싶었던 적도 많았다. 하지만 내라고 하셨으니까 꾸준히 냈었다.

    그래도 꾸준히 내며 10쪽을 쓴 것도 대단하다고 생각한다. 이 글을 쓰게 된 이유는 학창 시절에 한 번쯤은 있을 법한 짝사랑 관련된 이야기로 쓰게 되면 공감대도 형성이 잘 될 것이고, 현재 어른이 된 사람들도 그때 자신의 짝사랑을 이 글을 읽으며 다시 회상해 볼 수 있으면 좋겠다는 생각으로 쓰게 되었다.

여름

*

지난하지만 돌이켜 보면 그리운 여름 같은

열기 가득한 삶의 향이 배어있는 여름 같은

시 쓰기

서예건

선풍기

선풍기의 구멍 사이로 바람이 분다
미풍, 약풍, 강풍

아빠는 매일 덥다며 강풍을 틀고
엄마는 덥다며 미풍
나는 적당한 약풍을 튼다

아빠를 제외한 모든 가족은 덥지 않다고 하는데
아빠는 왜 더운질 모르겠다

우린 항상 왜 더운지 아빠에게 물어본다
아빠는 그럴   때마다 나이가 들어서 그렇다고 하신다
왜 그러냐고 물어보니
너도 나이가 들면 안다고 한다

책쓰기

학교 동아리 활동으로 책을 쓴다
처음에는 조금 쓰나 싶었지만
2주일 정도 지나니
귀찮아진다

다시 하나 싶더니
다시 귀찮아진다

그렇게 계속 쓰지 않다 보니
전일제가 벌써 다가온다

바로 전날에라도 써보자니
여전히 귀찮다

점심시간

학교 수업시간이 시작되고
1교시, 2교시, 3교시, 4교시
잠이 솔솔 온다

점심시간이 되면
마법같이 잠이 깬다

다시 5, 6, 7교시가 되면
잠이 파도같이 몰려온다

종례시간이 되면
다시 잠이 깬다

칠판

쉬는시간마다 칠판을 닦는다
걸레를 빨아오고
칠판을 닦는다

칠판을 아무리 닦아도
흰색의 자국이 남는다

아무리 빨아도
여전히 자국이 남는다

칠판에 물을 뿌려보고
걸레에 비누를 묻혀 빨아봐도
자국은 없어지지 않는다

수업시간

수업 종이 치고
내가 싫어하는 과목의 선생님이 들어오고
30분은 지난 것 같아 시계를 보니
고작 10분밖에 지나있지 않았다

진짜 30분이 지난 것 같아 다시 돌아보니
이번엔 5분밖에 지나있지 않고

내가 좋아하는 과목은
10분이 지난 것 같아 시계를 보면
30분이 지나있고

10분 지난 것 같은데
수업은 끝나 있다

친구

친구란 참 신기한 존재다
매일매일 서로 욕도 하고
때리기도 하고
싸우기도 하지만

항상 같이 웃고
같이 울고
위로도 해주는 존재다

외롭지 않게 해주고
매일매일이 심심하지 않게 해주기도 한다
친구는 인생에서 매우 소중한 존재이다

기쁨

기쁨은 나를 기분 좋게 한다
친구랑 있을 때도 기뻐지고
게임을 할 때
놀러 갈 때도 기쁨이 따른다

슬픈 일이 있어도
기쁜 일이 생기면
다시 기분이 좋아진다

언제나 기쁨이 있으면
무슨 일이든지 할 수 있을 것 같다

기쁨은 모든 것이 되는 마법과도 같다

폭염

폭염이 오면
움직이기 싫어진다

폭염이 오면
쉽게 짜증이 난다

폭염이 오면
무엇이든지 귀찮아진다

폭염이 오면
무엇을 할 의지가 없어진다

학원

매일매일 학교가 끝나고 학원을 간다
지겹지만 참아야 한다

수학학원에 가서는
수학에 문자가 얼마나 많은지
영어처럼 보이고

영어학원에 가서는
우리나라 어도 아닌데 왜 배워야 할까
의문이 든다

숙제는 매일 귀찮아서
학원가는 하루 만에 한다

워터파크

무더운 여름
워터파크를 가면
물에 젖어 시원해진다

워터슬라이드를 타도
풀장에 들어가도
가만히 있기만 해도

모두 물에 젖는다
시원해진다

물놀이가 끝난 후
몸을 씻으면
시원한 걸 잊을 만큼 개운하다

 작가의 말

    이 시들을 적으면서 느낀 건 10편이지만 평소에 글을 잘 쓰지 않아 주제를 정하고, 그 주제에 맞는 글을 적는 게 어려웠지만 이번에 동아리 활동으로 인해서 글을 쓰는 게 어느 정도 익숙해진 거 같고 좋은 경험이 된 것 같습니다.

    만약 다음에 또 다른 글을 쓸 때가 있다면 그때는 지금 글을 쓴 경험을 살려 더 좋은 글을 쓸 수 있을 것 같고, 이 시들을 읽으면서 시 하나하나의 뜻을 잘 알아줬으면 좋겠고 앞으로 많은 사람들이 책에 대한 관심을 가지고, 또한 책을 많이 읽었으면 좋겠습니다.

    저도 처음 이 동아리를 할 때에는 책에 관심이 없었지만 동아리 활동으로 글을 쓰면서 점점 책에 관심이 생기게 되었고, 다시 말하지만 앞으로 책에 관심을 많이 가지고 많이 읽을 수 있으면 좋겠습니다.

생활 속의 시

이원석

동생

동생이란
망할 놈이다

지가 때리면 괜찮은데
내가 때리면 운다

그리고
지가 놀리면 괜찮은데
내가 놀리면 운다

그러고는
엄마한테 다 이른다

겨울

눈 내리고
눈이 쌓이고

날씨는 춥고
사람들은
두꺼운 옷을 입고
그래도

겨울은 아름답다

숫자

숫자는 아주 많다
숫자를 다 말하려면
시간이 오래 걸린다
숫자는 누가 만들었을까
라는 생각도 하게 만든다
숫자에 끝은 뭘까
숫자를 보면 생각이 많아진다

일상

일상이란
계속 반복된다

학생의 일상은
학교랑 학원가고
어른의 일상은
일하러 가고 돈을 번다
그 돈을 쓴다

그다음 날도
그다음 날도

일상은 계속 반복된다

시간

시간은 빨리 간다
학교에서 수업하고 있으면
시간은 빨리 간다

밥 먹고 있어도
시간은 빨리 간다

시간이 빨리 가면
어느새 일주일이 되고
1월이 되고 1년이 된다

시간은 참 빨리 간다

 작가의 말

　책을 쓰면서 많은 생각이 들었고 책을 쓰는 것이 어렵다는 것을 알게 되었다. 그래도 책을 다 만들고 나서 뿌듯했고 기분이 좋았다. 솔직히 말하면 책쓰기 동아리가 처음은 좋았지만 점점 갈수록 힘들어지는 동아리였다.

　만약 본인이 글 쓰는 것을 싫어한다면 다른 동아리를 하는 것을 추천한다. 책쓰기는 무엇을 하느냐에 따라 다르긴 하지만 나는 시를 추천한다. 시가 짧기도 하고 자기의 생각이 잘 드러나기 때문에 추천한다. 하지만 다른 것을 하고 싶으면 다른 것을 해도 좋다.

　이 동아리의 장점은 쉴 틈이 없다. 그래서 더 알차게 일상을 보낼 수 있다. 하지만 책쓰기를 게을리한다면 선생님께 혼날 수도 있지만 당연한 거다. 하지만 내가 의무를 하지 않은 것이니 기분이 나쁘지는 않다. 그래서 책쓰기 동아리를 얕보면 안 된다.

　어쨌든 나는 책을 어떻게든 완성했다. 그래서 책 만드는 것은 힘들었지만 뿌듯하고 기뻤다.

삶 속의 이야기

이유호

게임

오늘도 간식을 먹듯이
가볍게 게임을 시작한다
처음엔 이겨 기분이 좋아지지만
그다음엔 져서 화가 나고
또 이겨서 신이 나고
또 져서 화가 나고
한 판만 더하고 그만한다 하지만
금붕어처럼 그새 까먹고 다시 게임을 시작한다

그러다 보니
그 길던 하루가
그 소중한 하루가
민들레 씨 바람에 날아가듯
사라져 버린다

피폐해진 내 몰골에 웃음이 나오고
나를 비웃는 듯한 패배라는 소리에 또 웃음이 나오고
그깟 쾌락 때문에 소중한 것을 낭비한 나에게 어이가 없어진다.

컴퓨터

척척박사 컴퓨터
척척박사처럼 모든 것을 아는 컴퓨터
사람 같은 컴퓨터
사람처럼 노래도 부르고
시킨 것을 잘해내는 컴퓨터

그랬던 컴퓨터가
갑자기 모래주머니를 달았는지
느릿느릿
그 모습을 보고 화나
쿵쾅쿵쾅
결국 그 좋던 컴퓨터는
스르륵
눈을 감는다

아무리 좋은 컴퓨터도
아무리 똑똑한 사람도
막 사용한다면
사랑을 주지 않는다면

결국

망가지나 보다

오류

아무 문제 없던 인터넷
컴퓨터가 놀란 듯이 멈춰버렸다
아무 생각 없던 나도
깜짝 놀라 멈춰버렸다

이렇게 해도 안 돼
저렇게 해도 안 돼
무슨 모르는 문제 풀 듯이
이래저래 해봐도
컴퓨터가 안 된다

그렇게 열심히 하다 보니
또링
다시 아무 일 없었다는 듯 잘 돌아간다
다시 컴퓨터가 돌아가니 나도
호잇
방방 뛰면서 기분이 좋아진다

역시 무엇이든

시련이 있고

그것을 이겨내려고

열심히 노력한다면

안 되는 것은 없나 보다

수박

천둥 친 듯 이 번개무늬의 겉
축구공같이 동그란 모양
입술같이 새빨간 속
꿀같이 달고
얼음처럼 시원한 이것

가족이랑 먹고
친구랑 먹고
화채로도 먹고
우리의 여름을 책임지는
달달한 수박

과자

바스락 바스락
밟으면 소리 나는 나뭇잎처럼
쿵쿵
달고 기분 좋은 냄새가 나는 꽃처럼
아작아작
치킨처럼 우리가 맛있게 먹는
스윽스윽
나도 모르게 계속 손이 가는

내가 좋아하고
우리 가족도 좋아하고
우리 모두가 좋아하는
맛있는 과자

비

타닥타닥
어느 순간 들리는 소리
그러더니 낙엽처럼
마구 비가 쏟아진다
쿵쾅쿵쾅
밖이 번쩍 빛이 나며 들리는 소리
대포를 쏜 것처럼
천둥이 친다
첨벙첨벙
아이들이 시시덕거리며 노는 소리
놀이공원이라도 온 것처럼
신나게 논다

뚝 뚝
비가 그치는 소리
비가 언제 왔냐는 듯이
조용히 비가 그친다

매미

맴맴

계속 그랬다는 듯

자연스럽게 울린다

맴맴

잠 좀 자고 싶은데

짜증 나게 계속 울린다

맴맴

또 안 들리면

어색하고 아쉬운 소리가 울린다

맴맴

여름의 시작을 알리는

매미의 소리가 들린다

에어컨

한 번만
한 번만 켜달라고
조르며 부모님께 매달린다
결국엔
결국엔 내 부탁을 못 이기고
마지못해 켜라 하신다
폴짝폴짝
뛰며 리모컨으로 달려가
에어컨을 켠다

시원시원한 바람과
전혀 습하지도 않고
내가 가장 좋아하는
에어컨을 켠다

폭염

자고 일어나면
침대가
땀범벅이 되는 날씨
밖으로 나가면
바로
땀범벅이 되는 날씨
이도 저도 못 하고
결국
에어컨을 켜는 날씨

가만히 있어도
덥고
움직여도
덥고
선풍기 앞에 있어도
더운
폭염이란 날씨는
정말 싫다

잠

반짝반짝
자야 할 밤이 되면
눈이 반짝반짝
잠이 안 오고

쿨쿨
또 가만히 있다 보면
쿨쿨
푹 잠자고

밍기적 밍기적
일어나야 되는 아침이면
밍기적밍기적거리며
일어나기 싫고

무슨 청개구리처럼
이랬다저랬다
참 이상하구나

일주일

월요일은

느릿느릿

거북이같이

느리게 흘러가고

화요일은

꾸역꾸역

물 없이 고구마 먹듯

답답하고

수요일과

목요일은

사막에 오아시스처럼

곧 주말이란 희망을 주고

금요일은

사이다를 마신 듯

마음이 시원해지며

마침내 온

토요일과 일요일은

48시간이나 되지만

마치 4.8초 같다

아침

싫지만
한편으론
정겨운 알람 소리
아름답게
노래를 부르는
참새
빨리 밥 먹으라며
나를 부르는
포근한 엄마의 말소리
조금 더 자고 싶지만
어쩔 수 없이 일어나
크게 하품을 하는 나

이 모든 게 모여
새로운 하루
아침이 시작된다

점심시간

4교시
체육이 끝난 후
다가오는
행복한 점심시간
선생님의
점심 먹으란 말에
후다닥 뛰어가
줄을 선다

그렇게
빨리 밥을 먹고
친구들과 이야기하며
재미있게 놀다 보면
어느새
점심시간은 끝나고
수업이 시작되면
수면제 먹은 듯
잠이 몰려온다

안경

안경
나의 눈이 되어주는
안경
어느 순간
쓰고 있는지도 모르는
안경
또 없어지면 허전한
안경

불편하지만
또 나를 편하게도 하고
24시간 나와 함께 있는
안경

 작가의 말

안녕하세요. 이 시의 지은이 이유호라고 합니다. 처음에 '책벗'이라는 동아리를 들어왔을 땐 놀랐습니다. 저는 책을 읽는 동아리인 줄 알았는데 글을 쓰는 동아리라니. 저는 시 쓰는 것을 그때 처음 접하고 시를 쓰는 방법을 아예 모르는데 글을 쓰라는 것은 제게 청천벽력 같은 소식이었습니다.

시에 운율은 어떻게 쓰는지, 문단은 어떻게 나눠야 하는지 등등 모든 것이 어려웠습니다. 하지만 선생님께 충고를 들으며 계속 쓰다 보니 전과는 다르게 글이 더 잘 써지고, 쉬워지며 글의 모든 것이 어려웠던 제가 글에 익숙해지며 글을 쉽게 접할 수 있었습니다. 그러는 제가 뿌듯해지고 또 글쓰기에 대한 자신감도 생겼습니다.

만약에 제가 글쓰기나 책을 싫어하는 친구를 본다면 꼭 자신감 있게 도전해 보고 글을 쓰는 것과 친해지라고 말해주고 싶습니다. 처음 글을 쓸 때는 어렵고 힘들지만 계속 도전하고 노력하면 결국 글을 잘 쓸 수 있기 때문입니다. 제가 말했듯이 여러분 모두 글쓰기와 책 읽기를 도전하고, 친해지길 바랍니다.

가을

*

때론 차가운 가을처럼

생(生)과 쇠(衰)함을 주는 가을처럼

엘레이나

김은지

"엘레이나, 오늘 가서 실수하면 절대 안 돼. 알겠지?"

"네, 엄마."

"오디션은 보통 넓은 홀에서 한꺼번에 다 같이 시험 보더라. 그래도 홀은 넓으니까 춤출 때 불편하지는 않을 거야. 아, 참 엘레이나, 아침에 스트레칭을 했니?"

"네, 복습도 했어요."

"잘했어. 다른 아이들은 신경 쓰지 마. 네 이름 부르는 거에만 집중해. 엘레이나, 다 잘될 거야."

"네."

어느 추운 겨울날 엘레이나는 그녀의 엄마와 차를 타고 시카고 음악 대공연장에 가고 있었다. 오늘은 12월 미국 시카고에서 열리는 세계 무용 대회 오디션이 열리는 날이었기 때문이었다. 제일 중요한 것은 세계 무용 대회 오디션의 심사위원이 세계 각국에서 무용수로 유명한 '블루스' 선생님이었다. 이 대회에서 5등 안에 드는 아이들은 상과 블루스가 운영하는 기숙사 유파 아카데미에 입학을 할 수 있게 된다. 블루스가 직접 수업해 준다는 것은 그야말로 무용을 하는 아이들과 아이들의 부모님에겐 꿈이었다. 그러니 당연히 경쟁자가 많을 수밖에 없었다.

"엘레이나 가자, 도착했어."

✳

✳

✳

"첫 번째, 학생 미아 리."

엘레이나는 그녀의 이름이 불리기 전에 안무를 머릿속으로 복습하는 것을 반복했다. 대강당 밑 바로 앞에는 블루스가 있었다. 중요한 대회인 만큼 블루스의 표정도 사뭇 진지했다.

"엘레이나 그레이스."

엘레이나는 홀 중간으로 걸어갔다. 홀은 아주 조용했다. 블루스는 조금의 잡음이라도 용서하지 않는다. 뒤돌아보니 엘레이나의 엄마와 새침하게 보는 다른 아이들 부모님들이 모두 쳐다봤다.

"엘레이나 그레이스, 시작하세요."

음악이 나오고 엘레이나는 음악에 맞춰 춤을 췄다. 긴장한 탓인지 중간에 갑자기 안무가 기억이 안 나서 멈춰서 떨며 엄마를 쳐다보았다. 엄마는 '너 지금 뭐하니?'라는 표정으로 무섭게 쳐다보았다. 다시 시작했지만 감을 잊어버려 오디션을 망쳐버렸다.

"15번, 엘레이나 그레이스였습니다."

엘레이나가 마무리 인사를 하고 나가려던 찰나 블루스가 말을 했다.

"별로 안 유연한 것 같구나. 유연하지 않으면 커서 무용수가 될 수 없어. 7살 때 유연하지 않으면 17살이 되어서 유연해질 수는 없는 법이지. 유연성과 우아함은 배우는 것이 아니야! 타고나는 것이지. 다음 학생 빌리."

엘레이나는 블루스 교사의 말을 듣고 너무 슬펐다. 이때 동안 상이란 상은 다 휩쓸었는데 여긴 다르다. 그 대회들은 동네여서 그랬던 건가? 나는 정말 소질이 없는 건가? 쓸데없는 잡생각이 머릿속을 채우며 엘레이나를 괴롭게 했다.

오전 11시 46분경 엘레이나의 엄마가 겉옷을 가져왔다.

"엄마, 미안해요."

"괜찮아, 엘레이나 넌 최선을 다했고, 다음에 더 잘할 수 있을 거야."

"블루스 선생님이 내가 유연하지 않다고 그랬어."

"앞으로 더 발전하라고 말씀하신 걸 거야. 우리 딸내미."

"그럴까?"

"응, 엄만 네가 정말 유연한 거 같은데 미리 실망할 필요 없어. 아직 결과가 나온 것도 아니잖아."

엘레이나는 엄마의 손을 잡고 공연장을 나가려고 하던 중, 블루스가 엘레이나의 엄마를 불렀다.

"아래엔 부인 맞으시죠?"

"네, 맞는데 무슨 일이시죠?"

"엘레이나가 대회에서 3등을 해서요."

"네? 정말요? 근데 시험 결과는 내일 발표하는 거 아니었나요?"

"네, 그렇습니다. 공식적으로는 내일 결과가 발표됩니다. 하지만 따님과 몇몇 학생들에만 결과를 미리 알려드리는 겁니다."

✳
✳
✳

"엘레이나! 엄마가 말했지? 블루스 선생님이 더 잘하라고 말해 주신 거라고."

"저 이제부터 블루스 아카데미 다닐 수 있는 거예요?"

엘레이나는 운 좋게도 대회에서 3등을 해 블루스 아카데미에 들어갈 수 있게 되었다. 블루스는 엘레이나의 실력을 알아본 건가? 하지만 엘레이나는 기분이 좋지만은 않았다. 왜냐하면 아카데미에 들어간다면 엄마를 보지 못하고, 또 친구들과 연습을 할 때, 새로운 친구들을 다시 사귀어야 한다는 것이 싫었기 때문이다. 그래도 엘레이나는 정말 무용과 발레를 좋아했기에 포기할 수만은 없었다.

7년 뒤

"엘레이나 그레이스 일어나! 우리 연습실 가야 해!"

"끙. 알겠어."

어느덧 7년 뒤 엘레이나는 14살이 되었다. 엘레이나는 6년 전 블루스 아카데미에 들어와 6년 동안 연습생이었다. 엘레이나는 평소처럼 연습하고 친구들과 수다를 떨며 지내는 것이 하루 끝이었다. 엘레이나가 연습할 때면 항상 블루스 선생님이 와서 보곤 했다.

그럴 때마다 블루스 선생님은 잘못된 동작들을 다시 가르친다. 그럴 때마다 엘레이나는 매번 꾸중을 듣곤 했다. 그러던 어느 날, 평소처럼 또 엘레이나는 블루스 선생님과 연습실에 남아 연습했다.

"후유."

"상반신을 곧게 뻗고 여유 있게 동작을 해야지! 긴장하지 말고! 이건 기본이잖아! 그만."

엘레이나는 곧바로 동작을 멈췄다.

"엘레이나, 넌 할 수 있는 건 많은데 아직 펼쳐내지를 못해."

"…"

"엘레이나, 혹시 우는 건 아니겠지? 당장 그치지 못해!"

"우는 거 아니에요."

"엘레이나, 내가 말했잖니. 그렇게 울어봤자 소용없어."

"선생님이 원하시는 동작이 뭔지 모르겠어요."

"엘레이나, 명심하렴. 내가 얘기했지. 사람들은 우리가 보여주지 않는 것은 볼 수 없어. 그런데 네가 보여주는 것을 보고 있자면 그다지 보이는 게 없어. 감정을 억제하고 통제할 줄 알아야 해. 다시 춤출 준비가 되면 다시 날 찾아오너라."

블루스 선생님은 연습실에서 나갔다. 다른 아이들도 6시가 되자마자 연습실에서 우르르 나갔다. 엘레이나는 흐르는 눈물을 참으며 연습 또 연습했다. 계속 연습하니 블루스 선생님이 말씀하신 그것이 이해되었다. 엘레이나는 8시에 연습실에서 나왔다. 2시간을 연습한 것이다.

엘레이나는 시간이 늦었다는 것을 알아채고 재빨리 기숙사로 뛰어갔다. 엘레이나가 기숙사에 도착했을 때쯤 엘레이나의 룸메이트가 뒤에서 엘레이나를 불렀다.

"엘레이나!"

"오, 줄리아!"

"내일 아침에 대회 팀 짜여서 나오는 거 알지?"

"아, 맞다. 그랬었지. 근데 왜?"

"글쎄, 오전에 블루스 선생님이 부르셔서 원장실에 갔는데 알린 선생님이랑 대회 팀 얘기를 하고 계시는 거야. 그래서 몰래 엿들었는데 너랑 메이슨이랑 같은 팀이래!"

"무슨 소리야, 걔는 남자애잖아. 어떻게 남자애랑 같이 팀을 할

수가 있지?"

"음, 내 생각엔 메이슨이랑 팀 짜신 것 보니까, 파드되² 할 것 같은데?"

"파드되는 진짜 안 돼."

"블루스 선생님이 말 안 해주셨어?"

"응."

"그래도 팀이 바뀌었을 수도 있으니까 내일 아침에 같이 보러 가자."

"그래."

다음 날 아침, 엘레이나는 줄리아와 같이 1층으로 가 팀 편성표를 보았다. 어제저녁에 줄리아가 말해줬듯이 엘레이나는 메이슨과 팀이 되었다.

"야! 너 어떡하냐? 정말 메이슨이랑 됐는데?"

"망했다."

엘레이나가 메이슨과 하고 싶지 않아 했던 이유는 메이슨은 무용학교에서 제일 인기가 많은 남자애 중 한 명이었기 때문이다. 어렸을 때부터 친했지만 인기가 워낙 많아 여자애들에게 친한 기색 조금이라도 보이면 여자애들에게 곧바로 이상한 소문이 퍼졌기 때문이다.

몇 달 전에도, 메이슨에게 적극적으로 호감을 보이기 시작해서

---

2   발레에서 두 사람이 같이 추는 춤.

메이슨에게 딱 달라붙는 여자애가 있었는데, 몇 주 뒤, 이상한 소문이 나서 괴롭힘까지 생겨 블루스 선생님이 직접 이런 일들을 해결한 적이 몇 번 있었기 때문이었다. 엘레이나는 이런 일의 피해자가 될 수도 있다는 생각에 메이슨과 같은 팀, 아니 같이 춤까지 추는 것을 두려워했던 것이었다.

✳
✳
✳

1주일 뒤

엘레이나는 대회팀과 무용을 연습하고 있었다. 엘레이나의 대회팀에는 잘하는 아이들만 있었기에 엘레이나는 부담감이 컸고, 블루스 선생님에게 혼나는 일이 더 많아졌다. 엘레이나는 부담감이 너무 많이 들었는지 생각대로 몸이 움직이지 않았다. 그리고 엘레이나의 댄스팀에는 엘레이나와 친한 친구가 없었기에 엘레이나는 더 외로웠다.

"애들아, 우리 부류도 선생님 오시기 전에 연습해야 해."

"그래, 그래. 미아 말 듣자."

미아는 블루스 학교 아카데미에서 제일 무용을 잘하는 아이로 소문이 날 정도로 무용을 잘하는 아이였다. 그래서 아이들에겐 부러움의 대상이었을 정도다. 그래서 미아는 댄스팀에서 반장 역할을 해왔다. 이번 팀에서도 어김없이 미아가 댄스팀 대표였다.

"하나! 둘! 셋! 하. 엘레이나 그렇게 하지 말고 더 살려봐. 다리를 더 올리고, 너 짝 메이슨이랑 호흡을 맞춰야지. 안 그렇니?"

미아는 학교 아카데미에서 제일 잘생긴 메이슨과 짝이 되지 못해서 엘레이나가 동작을 잘해도 칭찬 한마디 하지 않았다. 그리고 듣는 사람까지 머쓱하게 하는 잔소리는 보너스였다.

"얘들아, 잠깐 쉬자."

미아는 이 한마디를 하고 밖으로 나갔다.

미아가 나가자 미아의 친구들도 미아를 따라 나갔다. 엘레이나는 같은 나이인 친구에게 혼났다는 것이 자존심이 상했다. 마음대로 쉽게 동작을 못 한다는 것에 화가 나고, 친구도 없어 외로웠다. 갑자기 슬픈 감정과 화난 감정이 파도처럼 빠르게 몰려왔다. 너무 화가 나서 눈물이 나왔다. 그때 메이슨이 옆으로 다가왔다.

"너 괜찮아? 너 지금 정말 잘하고 있어."

"모르겠어. 내가 정말 이걸 하는 게 맞을까?"

"우리 같이 연습해 보자. 짝이니까 호흡도 맞아야 하고 그치?"

"고마워, 연습해 보자."

몇 달 뒤, 메이슨과 엘레이나의 호흡은 환상적이었다.

"이제 몇 주 뒷면 대회네?"

"그러게 벌써. 우리 잘해보자."

대회 당일 날

"자! 이번엔 참가 번호 3번 팀입니다! 미아 리!"

대회가 시작했다. 엘레이나와 메이슨의 무용은 성공적으로 마쳤다. 대회에서 비록 2등을 했지만, 엘레이나에겐 정말 큰 일이었다. 이번 대회를 계기로 엘레이나는 메이슨과도 친해지고 학교 아카데미에서도 미아 리보다 무용을 더 잘한다고 소문이 돌았다.

✳
✳
✳

어느덧 엘레이나가 18살이 되던 해였다. 어김없이 친구들과 수다 떨고, 시험 치고, 연습하는 것. 반복적인 생활이다.

"근데 이번 겨울방학은 좀 짧네?"

"그러게."

"그래도 내일 방학이잖아! 너무 좋아! 너네 뭐할 거야?"

"뭐 나는 집 내려가야지."

"아, 나도."

"아, 나는 오늘 내려가야 해. 갔다가 빨리 내려올 거라서."

엘레이나가 말했다.

방학식을 마치고 엘레이나는 기차를 타고 집으로 갔다. 엘레이나는 지난날들을 떠올리며 창가를 보며 갔다. 눈이 오던 날이었다.

                    ✳
                       ✳
                    ✳

"네? 선생님 저희 애 좀 살려주세요.!! 제발요!!"

엘레이나는 정신을 차려보니 병원이었다. 엘레이나는 기차에서 내리다 갑자기 쓰러진 것이다.

"엘레이나, 잠시 나가있어."

"아, 알겠어."

엘레이나는 엄마의 차가운 표정을 보고 바로 나갔다. 문밖에 귀를 대고 들어보려고 해도 들리지 않았다. 엄마의 우는 소리만 들렸다. 의사와 엄마의 대화 소리는 멈추고 적막만 들렸다.

                    ✳
                       ✳
                    ✳

엄마가 방에서 나왔다. 의사 선생님은 퇴원하시고 편히 쉬라고 하기만 했다며 별거 아니라고 걱정하지 말라고 하셨다.

"아니, 엄마, 그래도 내 몸인데 내가 알아야지 누가 알아? 뭔데 나 왜 쓰러진 거야?"

"괜찮다고! 걱정하지 말라고 걱정 안 해도 돼. 엄마 화장실 갔다가 올게."

엘레이나의 엄마는 터덜터덜 화장실 쪽으로 걸어갔다.

"저기요. 저 왜 쓰러지는지 못 들어서 그런데 알려주실 수 있나요?"

"아, 성함이요."

"엘레이나 그레이스요."

"아, 설명 못 들으신 거 맞죠."

"네."

"환자분, 희소병이세요. 병명은 아직 제대로 된 이름은 없고, 카바라병으로 불려요. 이제 6개월 남으셨어요."

"감사합니다."

엘레이나는 간호사에게 말을 전해 듣고 엄마에겐 들었다고 말은 하지 않았다. 엄마는 충격을 많이 받은 듯했다. 그리고 이틀 뒤 엘레이나는 다시 기차를 타고 학교 아카데미로 갔다.

친구들의 말도 들리지 않았다. 메이슨이 다가와도 말이 들리지 않았다.

"엘레이나, 너 왜 그래?"

"너 괜찮아?"

"어디 아파?"

이런 말을 수십 번 들은 듯하다.

"야, 너 괜찮아? 왜 이렇게 퀭해?"

"어, 괜찮은데 왜?"

"아니, 너 요즘 무슨 일 있어? 집 갔다 온 이후로 좀 이상하네!"

"아니, 없지."

메이슨과 엘레이나는 2년 전부터 연인관계였다. 그러니 친구들한테보다 메이슨에게 말하는 것이 더 어려웠을 것이다. 그래도 엘레이나는 메이슨에게 말했다.

"메이슨. 나 병원 갔다 왔어."

"뭐? 병원에서 뭐 했는데?"

"나 카바라병이라고 희귀질환인데 못 고친대."

"뭐? 에이, 거짓말하지 마. 진짜?"

"나 이제 6개월 남았어."

메이슨은 도망치듯 뛰쳐나왔다. 이제 행복한 일만 남았는데. 이제 우린 18살인데.

✳
✳
✳

"나 너 기숙사 가도 돼? 마지막으로 가보고 싶었어. 왜 안돼?"

"가자, 일어나."

엘레이나와 메이슨은 같이 걸어갔다. 걸어가던 중 엘레이나는 다리가 아프다며 주저앉았다.

"나 점점 야위어가."

"…"

"나 곧 죽을 것 같아."

"야, 그런 약한 소리 하지 말랬지. 네가 죽긴 왜 죽어."

메이슨은 엘레이나가 죽는다는 말을 아무렇지도 않게 하는 것에 화가 났다.

"갑자기 찾아와서 자기 곧 죽는다고 하고…."

메이슨은 너무 슬펐다.

6개월 뒤

엘레이나는 세상을 떠났고, 메이슨은 훌륭한 무용가가 되었다. 어렸을 때 엘레이나와 했던 약속을 지켰다. 훌륭한 무용가가 되기로 한 것을 지켰다. 메이슨은 주말마다 엘레이나의 무덤에 간다. 엘레이나와 메이슨이 아카데미에서 연습하고, 시험을 치고, 친구들과 수다를 떠는 것처럼 메이슨의 일상에는 주말에 엘레이나의 무덤가는 것이 루틴이 되었다.

메이슨처럼 엘레이나도 이제 세계에서 기억하는 훌륭한 무용수다.

메이슨은 마음속에 엘레이나를 넣어두며 무용수의 길을 걷고 행복하게 살았다.

 **작가의 말**

　이 글을 쓴 이유는 많은 청소년이 자신의 길을 걸어가며 힘든 시기를 겪을 때 자신의 감정이 중요하다는 것을 알려주고 싶었습니다.

　청소년들도 엘레이나가 학교 아카데미에 다니는 것처럼 학교를 다니는데 그곳에서 혼나기도 하고 어떨 때는 자신의 나이 또래들을 만나 소속감을 느낍니다. 하지만 그곳에 많은 감정을 느낄 수 있어요. 어떨 때는 엘레이나처럼 행복, 떨림, 슬픔, 화남, 서운함, 외로움 등등 많은 감정을 느낄 수 있습니다. 만약 내가 슬프다, 아니면 화가 난다, 그러면 마음껏 울거나 소리를 치거나 화를 내세요. 행복하면 행복하게, 밝게 웃거나 친구들과 놀거나 마음껏 즐기세요.

　아무도 나에 대해서 뭐라고 비난할 수 없어요. 비난하는 사람이 이상한 것이지 내가 이상한 것이 절대 아니니까 괜찮아요. 이 모든 것은 내 감정이니까 당당하게 말해요. 화가 나면 화가 난다고 말하면 상대방에게 내 기분을 쉽게 전달할 수 있어 좋아요. 그러니 청소년 여러분 자신의 감정을 무시하지 말고 당당하게 말할 수 있는 학생이 됩시다.

우주의 놀라움

하정빈

난 2176년 결국 황폐해진 우리 지구를 버리고 인간들이 살아갈 수 있는 새로운 지구를 찾기 위해 다른 우주를 탐험하는 직업을 가진 탐험가다. 우린 여러 명이 동시에 같은 우주로 가며 사람이 살아가기 좋은 환경인지 직접 간 우주를 탐험하여 확인하는 일을 하는 직업이다.

여러 우주를 가봤는데 내가 사는 세계와 느낌은 비슷한 것 같은데 다른 점이 있는 게 신기하고 흥미로워서 위험하지만 계속 이 일을 하고 있다. 가끔 위험하다는 상상을 하긴 하지만 우리도 만만치 않게 과거보다 발전과 진화를 하여 괜찮다고 생각한다.

이 일을 한 지 꽤 되어서 우주를 한두 곳 가봤는데 기억에 남는 곳은 동물이 많이 진화하여 동물이 사람을 지배한 우주도 있었다.

사람이 살기 좋은 환경이었지만 여기서 사람은 벌레 취급당하여서 사람들이 살기에는 어렵다고 생각하여 여기는 포기하였다. 다른 탐험가들이 간 우주 중에는 빛이 없는 우주가 있었다고 들어봤다.

이제 다른 우주로 탐험을 갈 시간이다. 이번에는 이 일을 한 지 오래된 사람들과 가서 더 편하게 갔다 올 수 있을 것 같아서 다행이라고 생각했다. 잡생각을 하며 이동하니 벌써 다른 우주로 와있었다. 그곳은 우리 지구처럼 파괴되어서 다른 우주로 이미 이주를 한 것 같았다. 여긴 우리 우주와 별반 다를 게 없었다. 이 우주는 우리 지구의 인간이 살기 적합하지 않다고 판정이 났지만, 많이 발달하여서 쓸 만한 정보가 있을 것 같아서 좀 더 둘러보기로 하였다. 난 혹시 남아있는 사람이 있으면 알리라고 지시받았다. 항상 궁금하였던 것인데 왜 우주는 하나가 아니라 여러 우주인지 항상 궁금하였다. 하나로 되어있으면 편한 점이 참 많았을 것 같다. 하나였다면 이런 짓거리를 안 했어도 괜찮았는데. 계속 걷다 보니 엄청나게 큰 건물을 보게 되었다. 여기에 뭐가 있을 것 같아 허락받고 혼자 들어가 봤다. 들어가서 보니 여긴 연구 정보실 같았다. 컴퓨터를 켜보니 여러 파일이 다운로드 돼있었다. 그중에서 '우주'라는 파일을 들어가 보았다.

[우주를 하나로 통합하시겠습니까?
통합 후 딱 한 번 되돌릴 수 있습니다.]

이렇게 써있는 문구를 보고 난 더욱 간단히 여행할 수 있다고 생각해서 수락하였다. 더 돌아보니 벌써 밤이 되어서 잘 준비를 하였다. 이 우주에서는 교과서에서만 배운 별을 볼 수 있었다. 하늘을 보니 여러 행성이 보인다. 교과서에서는 이렇게 큰 별은 본 적이 없었는데 아마도 내가 우주를 합쳐서 이렇게 큰 우주를 보게 된 것 같다. 자면서 생각을 한 것인데 내가 살던 우주에 가면 우주를 합쳐 대통령상 같은 큰 상을 받을 생각을 하니 벌써 설레기 시작하였다. 자고 일어나니 대장은 이 우주에서 쓸모 있는 정보는 없다고 하여 돌아가기로 하였다.

탐험을 끝내고 우리 우주로 돌아가니 분위기가 많이 바뀌어 있었다. 근처 사람에게 물어보니 갑자기 하늘에서 우주선이 내려오더니 자신들에게 이 지구를 내놓으라고 하며 지구를 점령하였다고 한다. 난 뭔 말인지 이해하지 못하고 있었는데 갑자기 우주를 통합한 것이 떠올라 이 사태는 나의 잘못인 것을 알게 되었다. 난 분명 더욱 많아진 인간들이 서로 도우며 더욱 발전될 사회를 상상하였는데 이렇게 자신들만 더욱 발전하려고 서로 싸울 거란 생각을 못 하였다. 난 나의 선택 때문에 여러 사람이 다치고 죽어서 정신적 혼란에 빠졌다. 침착하게 생각하니 아직 아무도 내가 한 짓인지 모르니까 숨기며 살아가려 했다. 그때 떠올랐다. 통합은 딱 한 번 취소할 수 있다는 것을. 난 어떡해서든 다시 그 우주로 가서 나의 실수를 되돌리려고 마음먹었다.

그날부터 밤에 난 몰래 혼자서 우주선을 몰래 타고 내가 하였던 실수를 되돌리려고 여러 행성을 가보고 있었다. 다행히 통합을 시켜서 다른 우주로 가지 않고 개인 우주선만 타고 다니면 되어서 나는 더 일찍 갈 수 있을 거라고 생각하였다. 하지만 생각보다 우주가 너무 넓어서 희망을 잃게 되었다. 난 우주가 이렇게까지 많을 것이라고 생각하지 못하였다. 심지어 우주에서는 지구 안까지는 보이지 않아서 하나하나 다 들어가 봐야 했다. 다른 행성을 가면 새롭게 생긴 법 때문에 돈을 내야 되어서 돌아버릴 것 같았다. 난 혼란에 빠져버렸다. 그래서 포기하고 본부로 돌아왔다. 본부에서 보니 우린 다른 우주로 가는 것이 아닌 다른 지구로 가는 것이었다. 하지만 지금은 모든 우주가 하나가 되어서 우리 우주의 아무 지구나 가는 것이었다.

그날부터 난 매일 밤 계속 지구들을 돌아다녔다. 성과는 없었다. 난 문득 이런 생각이 들었다.

'우리가 가장 발전한 지구가 되어서 모든 지구를 점령하면 되는 것 아냐?'

그때부터 난 우리 지구 사람들에게 지배에서 벗어나 우리가 최강의 우주가 되자고 말하였다. 사람들도 점령당하여 정신이 나가 있어서 설득하기 더 수월하였다. 그날부터 우린 비밀리에 발전하여 지배에서 벗어나고 우리가 지배하기 시작하였다. 우리는 순탄하게 계획처럼 왕이 되기 시작하였다.

난 모든 우주의 왕이 되었고 모두가 나를 신처럼 여기기 시작하였다. 나의 지구에 있는 사람들은 지금의 삶에 만족하고 있었지만 나는 과거의 삶이 그리워서 모든 사람에게 우주가 전부 따로 있었던 과거로 돌아간다고 하였다. 난 욕을 먹을 각오를 하고 말을 한 것이어서 욕을 먹어도 아무 신경을 안 썼다. 욕만 먹고 끝날 줄 알았는데 난 내가 했던 것처럼 사람들이 반기를 들어 나를 내쫓고 새로운 왕을 뽑았다.

그때부터 나는 은둔생활을 하며 지내기 시작하였다. 그래도 다행인 것은 모두가 나에게서 등을 돌린 것이 아니라는 것이다. 그들은 나에게 몰래 먹을 것과 자신들의 집에서 잠을 잘 수 있게 해주었다. 그 덕분에 난 더욱 편하게 나의 목표인 우주 쪼개기 계획에 더욱 가까워지고 있었다. 하지만 왕은 내가 몰래 우주를 여러 개로 나누려는 것을 미리 알고 있었는지 내가 가고 싶던 지구에는 경비들이 있었다. 난 그래서 경비들로 분장하여 몰래 잠입하려고 하였다.

먼저 경비 한 명을 몰래 죽인 후 그 경비의 옷과 모든 것을 훔쳐 입었다. 그 덕에 난 쉽게 본부에 잠입할 수 있었다. 본부에 들어가고 나니 생각보다 보안이 허술하여서 쉽게 내 목표에 도달하였다. 난 모두가 불평할 것을 감당하고 드디어 내 목표를 달성하였다. 본부에서 나가 하늘을 보니 항상 여러 행성으로 꽉 찼었던 하늘이 드디어 어두컴컴해졌다. 어릴 때는 하늘의 별을 꼭 보고 싶었는데 이제는 별 보는 게 무서울 정도로 하늘에 떠있는 행성을 보면 화가 치밀 정도로 짜증 나게 된 나를 보니 놀라웠다.

난 사람들이 자신의 우주로 떠나갈 줄 알았는데 모두 우리 우주에서 계속 있어서 난 진짜로 충격이 왔다. 10분 동안 패닉 상태에 빠져있었는데 다행히도 모두 자신의 우주로 돌아가기 시작하였다.

사람들은 모두 놀라워하는 느낌이었다. 자신들이 구박하는 사람들이 없어지자 모두 화를 내며 날 죽이려고 하였다. 난 도저히 못 살아남을 것 같아서 몰래 포탈을 타고 아무 우주에서나 살기로 마음먹고 포탈에 올라가 도망을 쳤다.

그렇게 난 온 세상이 야생인 우주로 도착하여 혼자 은둔생활을 하며 평화롭게 보내었다. 중간중간에 날 찾기 위해 오는 사람들이 있었지만, 온통 정글밖에 없는 이곳에서 숨어서 사는 날 찾긴 힘들었다. 그렇게 끝날 줄 알았는데 사람들은 자신들의 법인 다른 우주인들이 정착한 우주에서는 어떠한 간섭하지 말 것이라는 법을 어기면서까지 날 죽이려 하였다.

난 정말 큰일이 났다고 생각하여 나만의 아지트를 만들기 시작하였다. 다 만들고 보니 정말 아무도 못 찾을 정도로 잘 숨겨두었다. 그 덕에 난 안정하고 행복한 소소한 삶을 살 수 있게 되었다. 맨날 일만 하다가 왕이 되고 쫓기는 삶보다는 안정된 이런 삶이 나에게는 더 행복하였다.

여기에 사람은 나만 있는 것 같았다. 난 오히려 사람이 살지 않길 바랐다. 왜냐하면 인류는 발전하여 또 그런 불상사를 발생시킬 것 같았다.

그런 생각을 하는 와중에 어디선가 싸우는 소리가 들리는 것 같았다. 난 날 찾으러 온 것이라 생각하고 무시하려고 하였지만 뭔가 사람들의 비명소리가 나서 사람들과 동물들이 싸우는 것이라 생각하였다. 그래서 그런 건지 무언가 이상하게 평소와는 다른 느낌이 들어서 호기심을 못 참고 결국 싸움을 구경하려고 갔다. 조금 걸어가니 해변에서 싸우는 것을 알아차리고 뛰어갔다. 해변에 도착하니 인간들이 서로 싸우고 있는 충격적인 장면을 발견하고 난 너무 충격에 빠졌다. 웬 원시인과 날 잡으러 온 우주 경찰들이 싸우기 시작한 것이었다. 싸움은 당연히 발전된 우주 경찰들의 승리였다. 다행히도 모두 죽지는 않고 상처만 입은 상태로 자신들의 마을로 돌아갔다.

　난 몰래 그들의 뒤를 밟았다. 그들을 따라 도착하니 소규모의 마을이 있었다. 그들은 사냥과 채집 이외에는 다른 활동을 하려고 하지 않아서 내가 눈치를 못 챈 것이었다. 그들의 수는 많아도 100명도 되지 않았다. 난 그들이 날 지켜주면 좋겠다고 생각하여 나의 머릿속에 있는 여러 과학과 관련된 지식과 여기엔 없는 신문물들을 보여주기로 하였다. 그들은 불을 발견한 원시인들처럼 놀랍고 신나 보였다. 물론 불보다는 수만 배 뛰어난 것이긴 하지만 그들이 기뻐하는 것을 보니 날 받아줄 것으로 생각했다.

　그들에게선 날 반기는 느낌이 났다. 정확하게 알지 못하는 것은 그들의 언어는 아주 알아듣기 힘들기 때문이었다. 그들의 마을에 들어가고 먼저 언어를 배우기로 하였다. 역시 난 똑똑하여서 쉽게 배웠다.

　난 그들이 발전하여 전 우주에 위험이 될 것 같아서 더 이상의 22세기 기술들은 보여주지 않았다. 그들과 난 모두 행복하였다. 그렇게 난 백발의 노인이 되었다. 20대에는 무난하게 살 줄 알았는데 역시 인생은 내 마음대로 되는 것이 없다는 것을 알게 되었다. 나에게는 자식이 하나 있었다. 그 아이는 정말 용감한 아이였다. 마을에 야생 동물들이 쳐들어오면 가장 앞에서 모두를 지키고 위험한 일은 모두 자신이 맡아서 하는 나에게 있어 하나밖에 없는 자랑스러운 아들이었다. 내 아들은 나의 어릴 때의 모습과 정말 닮

앗었다. 난 그것 때문에 우주 경찰들이 들이닥칠까 봐 걱정하였다. 하지만 이 사실은 아들이 걱정할까 봐 말해주지는 않았다.

왜냐하면 아들은 나 같은 사람처럼 살게 두고 싶진 않기 때문이다. 요즘도 그들은 잊지도 않고 가끔 찾아오곤 하였다. 그때마다 아들은 마을 사람들을 지키기 위해 나서려고 하였지만 아들이 1순위인 난 아들에게 여러 가지 핑계를 대며 못 가게 하였다. 아들은 그때마다 어리둥절하였다. 우리 마을은 아들을 중심으로 점점 발전해 나가고 꽤 큰 마을이 되었다. 난 이런 발전을 보며 뿌듯하였기도 했지만, 걱정도 하였다.

하지만 나도 곧 죽고 그들도 날 안 잡으려 할 것이니 걱정을 버리려 하였다. 아들의 몸은 진짜로 엄청난 운동선수의 몸과 비슷하였다. 그런 아들을 보며 난 정말 자랑스러웠다.

또 시간이 조금 지나자 해변에는 더 이상 그들이 나타나지 않았다. 이젠 정말 움직일 힘도 없었다. 난 나의 아들에게 사실을 말해주기로 마음먹었다.

아들은 갑자기 몸도 안 좋은 내가 부르자 놀라는 느낌이었다. 아들이 오자마자 난 자리에 앉으라고 말한 후 모든 사실을 아들에게 전하였다. 그러자 아들은 나에게 "걱정하지 마세요. 제가 꼭 해결해 볼게요."라고 말하였다. 난 눈에서 눈물이 흐르기 시작하였다. 아들은 이제 20살이 되었고 어엿한 내 과거 우주 기준 성인이 되었다.

가끔 난 과거의 기억을 떠올리며 후회하고 아쉬운 상황을 떠올렸다. 예를 들어서 '내가 계속 왕으로 있었으면 어땠을까?'라는 생각을 해보고 후회하기도 하였다. 하지만 결국 행복하게 살고 있는 지금의 모습을 떠올리니 이보다 나은 인생은 없다는 것을 알게 되었다.

그러고 보니 나와 관련된 인물들은 지금 어떻게 지내는지도 상상하였다. 상상을 해보니 즐거웠다. 그러나 갑자기 불안한 생각이 들기 시작하였다. 사람들은 날 죽이고 싶어 하였고 난 그들에게서 도망쳤으니 사람들은 내 주변 인물들을 압박하고, 이런 상상을 하면 안 되지만 고문까지 당했을 상상을 하니 죄책감이 들고 후회하기 시작했다.

하지만 난 더 괴로워지고 싶지 않아서 잊어버리기로 하였다. 그리고 그들이 아무 죄 없는 사람들에게 그렇게 심한 짓까지는 안할 것이라 믿고 있었다. 왜냐하면 그들은 그 사태가 벌어지기 전에는 모두 착한 사람들이었기 때문이다.

오늘은 내 아들의 결혼식이다. 모두가 그들을 축하해 주려고 나왔다. 나도 아들을 보려고 결혼식에 참여하였다. 아들은 행복해 보였다. 그의 아내도 괜찮은 사람 같아 보였다. 아들이 진심으로 행복해하는 모습을 보니 나도 기뻤다. 난 아들의 결혼식 사회를 봐주기로 하였다. 내 인생에서 거의 가장 행복한 순간이었다.

이제 난 죽어도 여한이 없었다. 그만큼 기뻤다. 난 지금 모든 우주에서 가장 행복한 사람이었다. 다시는 잊고 싶지 않은 너무 즐거운 순간이었다. 감동적인 순간이었다.

그 이후로 난 집에서 누워있었고 아들은 또 사냥을 나갔다. 아들은 마을을 더더욱 발전시키고 있었다. 난 그런 아들이 자랑스러울 뿐이었다. 이 마을도 이제 어느 정도 발전한 것 같았다. 난 이제 정말 살 날이 얼마 남지 않았다. 마을에 있는 의사도 나보고 마음의 준비를 하라고 하였다.

난 이 사실을 나와 관련된 아내, 아들, 며느리에게 말하였다. 그들 모두 눈물을 보였다. 원래였으면 사망보험금을 들어놓아서 자식들이 돈을 받을 수 있었는데 여긴 그런 것도 없어서 돈도 못 준다. 괜히 미안해지는 느낌이 든다.

나는 아들에게 나를 내가 처음 여기에 와서 살았던 곳에 묻어달라고 하였다. 아들은 나에게 "꼭 그렇게 할게요. 아버지."라고 말하였다. 난 아들이 우울해하는 것을 보고 아이스 브레이킹을 위해 말장난을 하였다. 그러자 아들은 "하하."라며 더욱 썰렁해진 반응을 보였다. 난 이때 마음속으로 괜히 말했나 하고 생각하였다.

하지만 아들은 그 이후에 충격을 많이 받아서인지 영 힘을 내지 못하였다. 그래서 다른 부족원들이 와서 무슨 일 있냐고 묻자 계속 모른다고만 답하였다.

그로부터 몇 시간 후 난 계속 몸에 힘이 빠지더니 마침내 죽었다.

오늘 나의 아버지가 죽었다.

나는 아버지의 유언에 따라서 아버지가 처음 정착하였던 곳에 아버지를 묻어주려고 아버지의 시체를 들고 아버지의 비밀기지에 가고 있었다. 그곳은 아주 낡아있었다. 누가 보아도 여긴 오래된 곳이라는 생각이 들 정도로 옛날부터 방치해 둔 장소라는 것을 느낄 수 있었다. 그곳엔 썩은 과일과 채소, 약간의 썩은 고기가 있었고 과거 아버지의 이불로 추정되는 커다란 나뭇잎이 있었다. 그중에는 처음 보는 닦아보니 반짝거리는 물건이 있었다. 난 그런 물건은 살면서 처음 보았다. 난 놀라운 마음에 모든 곳을 때려도 보고 눌러도 보았다.

갑자기 빛이 나오고 소리가 들리더니 나를 빨아들였다. 난 그대로 기절해 버렸다. 기절한 상태에서 누군가 날 치는 느낌이 들어서 눈을 떠보니 처음 보는 사람, 처음 보는 건물들, 처음 보는 하늘 등 모든 게 이상한 마을에 와있었다.

난 어찌 된 영문인지 몰랐다. 날 깨운 사람은 나를 아마도 치료하는 것으로 보였다. 그는 내가 알아들을 수 없는 말로 묻기 시작했다. 마치 그 말은 "괜찮으세요?"라는 말처럼 느껴졌다. 하지만 난 알아듣지 못해서 계속 끄덕이기만 했다. 그러자 그 사람이 안심하는 듯하였다. 그러자 갑자기 무장한 듯한 사람들이 몰려오자 나를 잡아갔다. 난 내가 누군지 궁금해서 잡아간 줄로만 알았는데 내 앞에서 나의 아버지의 과거 영상을 틀기 시작하였다. 난 충격에 빠졌다. 처음에는 아버지가 아닌 줄로만 알았다. 하지만 영상 속 아버지 얼굴의 상처가 나의 아버지의 상처 위치와 같은 것을 보고 혼란에 빠졌다. 그때 난 아버지께서 하신 말이 떠올랐다. 과거에 자신이 도망자였다가 결국 여기로 도착하였다는 것을 들은 기억이 떠올랐다. 난 아빠의 위치를 물을 줄 알았는데 이 인간들은 나를 내 아버지라고 착각하는 것 같았다.

뭔가 상황이 큰일 났다는 것을 감지한 나는 도망칠 방법을 고민하기 시작했다. 하지만 도무지 생각이 떠오르지 않았다. 난 그대로 죽는가 싶더니 갑자기 연막이 퍼지고 모두의 시야가 가려지기 시작했다. 그 상태로 누군가가 급하게 날 끌고 가더니 나에게 속삭이기 시작했다.

"드디어 돌아오셨군요."

난 그대로 영문도 모른 상태로 끌려가다가 가스를 너무 많이 마셔서 또 기절하였다. 또다시 눈을 뜨니 어느 주거지에서 나에게 고개를 숙이며 여러 인간이 난 숭배하고 있었다. 난 그들의 말을 알아듣기 위해 몸으로 '나에게 한글을 알려주세요.'라고 표현했다. 그들은 이해한 것 같았다. 나에게 그들의 언어는 생각보다 간단하여서 쉽게 이해했다.

그로부터 며칠이 지난 뒤 난 벌써 9살 정도의 언어능력을 구사하기 시작했다. 슬슬 그들의 언어를 구사하기 시작하자 난 그들의 말을 이해하기 시작했다. 그들은 내 아버지 편을 들었던 반란군들이었고 어느 날 나의 아버지가 도망치자 이런 곳에서 숨기 시작했다고 나에게 설명했다. 그리고 내가 나의 아버지인 줄 알고 날 구하러 왔다고 말했다.

난 이 문제부터 해결하지 않으면 절대로 돌아갈 수 없다고 생각하여 고민하기 시작했다. 난 생각하며 그들의 생활방식, 옷 등을 모방하며 그들 사이에서 살아가기 시작했다. 그들은 주로 사냥보단 구매라는 것을 많이 한다는 것을 알게 되었다. 이 방식은 우리가 자주 했던 사냥보다 장점이 있는 것 같아서 만약 돌아간다면 꼭 시도해 보기로 했다. 또 그들은 걷지 않고 사각형과 원 네 개로 이루어진 무언가에 들어가서 이동한다. 그 모습이 마치 달리기하는 말과 비슷했다.

  여기 사람들은 우리와 다르게 아주 편안한 옷을 입고 모두 다른 옷을 입고 있다. 우리는 신분에 따라 옷이 정해지는데 여긴 신분에 상관없이 자신이 입고 싶은 옷을 입는 모습이 자유로워 보여서 멋져 보였다. 돌아다니다 보면 날 이상하게 쳐다보는 시선이 기분 나빠서 얼굴을 가리고 다니기로 했다. 다니는 와중에 느낀 것인데 반란군 빼고 모든 사람이 날 싫어한다는 것을 알게 되었다.

  생각하면 할수록 돌아가고 싶다는 생각만 들게 되었다. 괜히 쳐보다가 실수로 여기에 오게 되어서 뭔 짓을 하는 것인지 정말 생각할수록 어이가 없었다. 이런 걸 그냥 버린 아버지도 이해가 안 갔다.

  그러고 보니 아버지를 안 묻었었다. 돌아가서 가장 먼저 할 게 아버지를 묻어주는 것이라는 것을 생각했다. 다시 생각해 보니 내가 이들을 도울 필요가 없다는 것을 알게 되었다. 난 그래서 대충 도와주는 척만 하다가 내가 올 때 사용한 장치를 하나 더 만들어 달라고 하여서 도망칠 계획을 짰다.

  난 이때 내가 이 세상에서 가장 천재인 사람이라고 생각하였다. 하지만 잠시 후 누구나 그럴싸한 계획은 있다는 것을 알게 되었다. 사람들에게 물어보니 우리는 그런 장치를 만들 기술을 가지고 있지 않다는 사실을 듣게 되었다.

  난 충격을 받았다. 그럼, 어디에서 그 장치를 얻을 수 있냐고 묻자 지금으로써는 만들 수 없다는 것을 듣게 되었다. 난 아버지가 어떤 식으로 얻게 되었는지 고민하기 시작하였다. 내 뇌에서는 한

가지 답밖에 나오지 않았다. 바로 아버지가 직접 만들었다는 것을 알게 되었다. 그래서 나는 좌절에 빠지게 되었지만, 아버지가 했으면 나도 가능하다고 생각하여 만들어 보려 했는데 나의 뇌는 근육으로 가득 차서 포기하였다.

결국 나는 이 나라의 왕이 되기로 하였다. 처음에는 포기하려 했으나 우주 경찰이라는 다른 우주를 탐험하는 직업이 있다는 것을 알게 되었고 그 직업을 가지기로 하였다. 그리고 같이 다니다 보니 정이 들어서 이들이 더욱 살기 좋은 곳으로 만들어 주려고 도와주려고 마음먹었다.

그 후 2년쯤 지났을 때 난 결국 모두가 행복해지는 방법을 생각해 냈다. 바로 이들이 다른 우주로 이동하는 포탈이라는 수단을 통하여 내가 사는 우주로 가는 것이었다. 난 도저히 우주 경찰이 되기는 어렵다고 느껴서 몰래 포탈을 타고 도망치려고 했다.

이 방법은 아버지가 하였다는 것을 듣게 되어서 놀랐다. 역시 자식은 부모의 거울이라는 말이 떠올랐다. 아마도 그때 한 번 당하고 나서 보안을 더욱 강화하였을 것인데 난 그런 건 신경 안 썼다.

왜냐하면 난 어마어마한 무력을 가지고 있기 때문이었다. 모두가 완전히 준비하고 난 떠나갈 준비를 하였다. 도착하자마자 엄청난 규모의 경비원들이 포탈을 지키고 있었다. 난 그들을 뚫기 위해 최전방에서 그들의 공격을 막으며 앞으로 나아갔다. 내가 앞으로 가는 사이에 뒤에서는 여러 사람이 죽고 있었다.

그래도 그들의 희생 덕에 우린 결국 목표에 도달했다. 난 드디어 돌아갔다. 돌아가니 많은 사람이 반겨주었다. 처음 보는 사람들도 있어서 당황하였지만 내가 설명하자 경계를 풀고 반겨주었다.

난 도착하자마자 아버지에게 가서 마지막 소원을 들어두고 더욱 발전한 왕국과 가족들과 드디어 정상적인 삶을 살 수 있게 되었다.

 작가의 말

　처음에는 동아리 이름이 책벗이라 하여서 도서관에서 책 읽는 동아리인 줄 알았는데 알고 보니 내가 직접 쓴 책을 실제 책으로 출판한다는 것에 놀라워하고 기대되었다.

　하지만 매주 원고를 보내야 한다는 선생님의 말씀에 난 마음속으로 충격을 받았다. 그래도 난 마음먹고 소설이라는 종류의 책을 쓰게 되었다. 나는 이 글을 읽는 독자들이 주인공이 여러 시련을 겪으며 점점 성장하게 되는 모습을 보면서 흥미와 재미를 느꼈으면 좋겠다.

　난 개인적으로 아버지의 행동과 비슷한 아들의 모습이 가장 재미있는 부분 중 하나였다고 생각한다. 또 아들을 가장 소중히 여기는 아버지의 모습이 참된 부모의 모습인 것 같아 감동적인 것 같았다.

　만약 또 책을 쓰게 되는 상황이 온다면 난 소설보다는 개인적으로 너무 소설을 못 쓰는 것 같아서 논설문을 써보고 싶다. 책벗이라는 동아리 덕분에 좋은 경험을 해본 것 같아서 좋았다.

겨울

*

냉철하지만 뜨거움을 품고 있는 겨울처럼

긴 휴식 속에서 발견하는 사유의 시기, 겨울처럼

인공지능이 인간의 일자리를
위협할까? 외 4편

강정헌

인공지능이 인간의 일자리를 위협할까?

OPEN AI에서 지난해 11월에 공개한 chat GPT는 3월에 유명해지고 마이크로소프트는 10억 달러 상당을 투자에 OPEN AI에 단독 협력을 얻어내 자사의 검색엔진인 Bing에 chat GPT를 추가했고 Google도 이에 지지 않으려 '바드'라는 AI 챗봇을 추가했다.

이렇게 인공지능 기술은 지난 몇 년간 빠르게 발전해 왔다. 이러한 발전은 경제적 성장에 큰 영향을 미쳤다. 이러한 이유로 인공지능의 사용이 인간을 일자리를 위협하지 않을까? 하는 의견도 나오고 있다.

그러나 인공지능이 일부 일자리를 차지할 수는 있지만, 그보다 더 많은 새로운 일자리를 창출할 것이라고 개인적으로 생각한다. 그 까닭으로는 첫 번째로 인공지능은 반복된 일을 하는 것에는 능숙하지만 인간이 가진 창의력, 판단력, 감성, 독창성 등과 같은 능력은 아직까지 인공지능이 대체하기는 어렵기 때문이다.

예를 들어 의료분야에서는 인공지능을 이용해 의사의 진단을 보조하고 있지만 의사가 수행해야 하는 의학적 판단을 내리지 못한다. 또 지금 그림을 그려주는 인공지능이 유명하지만 아직 손을 잘 표현하지 못하거나 계속 비슷한 그림체의 그림을 만드는 등의 그림책 작가들처럼 자신만의 독창성을 가지지 못하는 문제가 있다.

두 번째로 인공지능은 새로운 일자리를 창출할 수도 있다. 생각해 보면 불과 몇십 년 전의 한국만 생각하더라도 크리에이터, 가상현실 전문가 등의 직업이 생길 것이란 생각조차 하지 않았다. 하지만 이러한 직업들은 기술의 발전에 의해 생겨났다.

또한, 2020 세계경제포럼에 따르면 인공지능은 2025년까지 26개의 국가에서 8,500만 개의 일자리를 대체하겠지만 9,700만 개의 새로운 일자리를 창출하게 될 것이라고 전망했다.

하지만 일부 산업과 직업은 인공지능 기술로 대체될 가능성이 있다. 예로는 공장에서 반복적인 일을 하는 것은 로봇이 인간을 대신할 수도 있다. 이러한 경우, 이전에 일하던 사람들은 새로운 일자리를 찾거나 다른 직업으로 전환해야 할 수도 있다.

세 번째로 어떠한 영역에 따라서 인공지능의 명령보다는 인간의 명령이 더 효과적일 수도 있다. 예를 들어 직장상사의 명령과 인공지능이 내리는 명령 중 무엇에 더 효과적으로 반응할지를 생각해 보면 당연히 직장상사의 명령일 것이다.

이렇게 어떠한 영역에 따라서는 인간의 명령이 더 효과적일 수도 있다.

네 번째로 아직 인공지능은 더 많은 정보와 판단력, 윤리 등이 필요하다. 그리고 이를 위해선 인간의 도움이 필요하다. 예를 들어 인공지능이 강아지와 머핀을 구별하려면 100만 장 이상의 사진을 보고 학습해야 한다.[3]

또 인공지능은 아직 무엇이 옳은지 그른지를 파악하지 못한다. 그렇기 때문에 인공지능은 아직 인간의 도움이 필요하다. 예를 들어 세계적인 식량난이 왔을 때 인공지능은 인간의 수를 줄여 식량난을 해결한다는 결론을 도출할 수 있다.[4] 인간인 우리의 관점에선 이건 잘못된 일이지만 인공지능의 관점에선 잘못된 일이 아닐 수도 있다. 이렇게 인공지능이 인간의 일자리를 위협할까? 라는 주제를 알아봤다.

정리하자면, 인공지능이 일부 일자리를 대체할 가능성은 있지만 대체되는 일자리보다 인공지능으로 생겨날 일자리들이 더 많을 것으로 예상된다. 이렇게 기술 하나의 등장으로 일자리 판도가 바뀌는 시대에 우리는 이에 맞게끔 준비하고 대비해야 할 것이다.

---

3   유윤한, 『궁금했어, 인공지능』, 나무생각, 2019, P.55
4   오승현, 『인공지능 쫌 아는 10대』, 풀빛, 2019, P.168~170

한국의 저출산의 심각성과 해결방안

　우리나라는 최근 들어 저출산이 큰 사회문제로 지적되고 있다. 일단 저출산은 인구 유지에 필요한 최소 합계출산율이 2.1명보다 더 낮은 것을 뜻하는데 우리나라는 0.70명으로 30여 개의 나라들로 이루어져 있는 OECD에서도 가장 낮은 출산율을 기록했다.[5] 이렇게 저출산은 우리나라에서 중요한 문제이다. 그렇다면 저출산의 원인은 무엇일까?

　첫 번째로는 자녀의 양육비문제 때문일 것이다. 우리나라는 교육열이 다른 나라에 비해 굉장히 높은데 이것을 옛날엔 장점으로 여겼으나 지금은 이것이 큰 사회적 문제로 받아들여지고 있다. 우리나라의 교육열이 높아지면서 사람들은 사교육에 더 많은 신경을 쓰게 되었고 이렇게 과도하게 사용되는 사교육비는 결국 자녀 양육비 상승에 따른 저출산의 원인 중 하나로 여겨지게 되었다.

　두 번째로는 한국이 도시국가화가 되었기 때문이다. 도시국가는 지나친 경쟁, 취업난, 저출산 등이 나타나는데 대한민국도 서울을 중심으로 도시국가화가 된 지 오래라 이러한 문제가 발생한다. 또 서울에 인구가 집중되면 지방의 취업률은 줄어들고 수도의 일자리는 부족하고 땅도 부족해 집값도 올라가 다양한 문제를 야기한다.[6]

5　　대한민국 저출산, 〈개요〉, 나무위키 검색
6　　대한민국 저출산, 〈수도권 집중〉, 나무위키 검색

세 번째로는 사회의 문화 때문이다. 어른들이 사용하는 시설은 아이의 출입이 제한되는 일이 흔하고 출산휴가나 육아휴직에 따른 여성의 경력이 단절되는 경우도 많다. 일단 경제활동에서 전체 맞벌이 가구 비율은 50%대를 진입하나 육아휴직자의 5% 정도만이 남성으로 여성에게만 육아에 대한 부담을 전가하고 있는 것을 볼 수 있다.[7] 생각을 해보면 남성이 아이를 낳는 것이 아니니 출산 후에도 여성에 비해 남성은 신체적 정신적 피해가 적어 남성은 부담이 별로 없지만 여성은 부담이 많아지며 육아로 인해 더 이상 일을 하지 못하는 일도 있다.

이렇게 저출산의 원인을 알아봤으니 해결방안을 찾아보아야 한다.

첫 번째로는 사회에서의 인식을 개선시키는 것이다. 우리나라의 야근이 당연하게 여기는 기업 문화와 OECD에서 가장 높은 1인당 연간 노동시간 때문에 양육에 들어갈 시간에 부담을 느껴 아이를 낳지 않는 부부도 많다. 또한 기업에서 임신을 하면 퇴사를 해야 한다고 생각하는 것 등을 바꿔야 한다고 생각한다.

두 번째로 위에서 말했듯이 서울 공화국 현상[8] 이 문제이다. 대한민국은 서울이 중심이 된 도시국가화가 되어 도시국가에서 발생하는 문제인 높은 집값, 낮은 출산율 등을 겪고 있는 것이다. 정부는 이런 것을 막기 위해 수도에 자원이 몰리는 것을 막고 다른 도시들을 개발하여 일자리를 늘려야 한다. 실제로 서울대 조영태

---

7   「맞벌이 3년 만에 증가 전환…1인 취업 가구 첫 400만 돌파」, 『동아일보』, 2022.6.21.
8   공화국 현상이란, 수도권의 도시에 인구가 과도하게 밀집해 있는 현상을 말한다.

교수는 우리는 출산율에만 집중하지 말고 지방을 도시개발 등에 초점을 맞추어 수도권의 과도한 경쟁과 자원 집중을 막아야 한다고 조언하기도 했다.

세 번째로는 정부에서 출산에 더 많은 혜택을 주어야 한다. 서양의 한 연구결과에 따르면 여성의 경제활동 참여 증가 등 사회 환경 변화에 따라 여성이 더 많은 일을 하고 가정 간 균형을 맞출 수 있도록 해주니 북미, 서유럽, 북유럽의 출산율이 증가했다는 연구결과가 있다.[9]

또한 구소련은 열 명의 아이를 낳은 어머니에게 훈장을 주면서 생필품이나 식료품 배급, 퇴직 연금 등의 다양한 혜택을 제공했었다. 아니면 아이를 낳고도 다시 일할 수 있도록 24시간 어린이집이나 나라에서 도우미를 지원해 주는 방법도 있다.

이렇게 우리나라에서는 저출산이 심각해지면서 많은 문제가 생기기 시작했다. 우리는 아직은 할 수 있는 것이 많지 않다. 그래도 우리는 우리나라에 문제에 많은 관심을 기울이고 해결방안을 곰곰이 생각해 봐야 할 것이다.

---

9   대한민국 저출산. 〈출산 혜택 제공〉. 나무위키 검색

한국의 높은 자살률의 이유와 해결방안

우리나라 자살률(인구 10만 명 당 자살사망자 수)은 2011년 최고치 후 2017년까지 감소추세였지만 2018~2019년 연속 증가해 2021년 기준 스물여섯 명이었다. 우리나라는 38개국이 속해있는 OECD(Organization for Economic Cooperation and Development)에서 자살률 1위를 차지했다. 그렇다면 인구도 많은 편이 아닌 우리나라에서 왜 이렇게 자살률이 높은 것일까?

첫 번째로 사회의 청년층에 대한 인식 때문이다. 청년층에게 취업을 강요하지만 기업들은 좋은 대학을 나온 고스펙의 사람들을 원한다. 하지만 우리나라의 많은 사람들은 좋은 대학을 가지 못한다. 하지만 기업은 계속 좋은 대학을 나온 사람을 원하니 취업을 하기 어려워지는 것이다. 이렇게 취업은 하기 어려운데 취업을 하지 못하면 사람들은 그 사람을 문제가 있는 것처럼 생각한다. 또 일을 하는 것만이 돈을 벌 수 있는 방법이 아닌데도 한국은 청년실업을 아주 큰 문제로 보고 있다.

두 번째로 경제생활문제이다. 위에서 말했던 것처럼 취업하지 못해 경제적으로 힘들어지는데 물가는 계속 상승하니 사는 게 힘들어져 자살하는 경우가 많다는 것이다. 청년 다섯 명 중 한 명이 경제문제를 자살원인으로 뽑았을 만큼 문제가 심각하다.[10]

---

10 「하루 4.3명꼴」 세상 등지는 20대... 그중 19%는 '생활고'였다(2023 청년 부채 리포트〈하〉), 『서울신문』, 2023.08.24.

세 번째로 교육에 대한 문제점이다. 우리나라에 많은 사람들이 다 좋은 대학교를 가는 것이 아니다. 하지만 많은 사람들이 가고 싶어 하는 대학교를 가지 못하면 이상하게 보고 모두가 좋은 대학교를 가는 것이 아닌데 모든 사람들이 좋은 대학교를 가는 것처럼 말하기도 한다. 이 인식 때문에 학생들은 스트레스를 받고 어린아이들조차 놀지 못하고 학원을 가야 하는 이상한 문제가 생겼다.

그럼 자살률을 줄이기 위해 무엇을 해야 할까?

첫 번째로 사람들이 자살문제에 대해 관심을 가지게 하기 위해 자살문제의 심각성을 알리는 캠페인을 하고 정신건강증진 사업을 한다[11]. 두 번째로 일반 사람들에게 자살의 심각성을 알리기 위해 학교에서는 더욱 체계적인 자살예방교육을 한다. 세 번째로 유가족에게 비슷한 일이 일어나지 않도록 유족을 지원하는 사업을 한다.

자살은 당사자 외 유가족에게도 정신적인 충격을 줄 수 있는 큰 문제이다. 이러한 문제를 개선하기 위해서 힘들어 보이는 이웃이 있다면 관심을 기울여 보는 것도 좋을 것 같다.

---

11 근로자의 정신상담, 고령자 또는 청년층 우울증 검사 진행

교권 침해의 문제점과 해결방안

교육에 대한 문제는 한국의 거의 모든 문제에 관련이 있다고 해도 무관하다. 이번 글에선 그중에서도 최근에 논란이 되었던 교권 침해에 대한 글을 쓸 것이다. 예전만 해도 교권이 이 정도로 추락하지는 않았었다. 그렇다면 교권은 왜 추락한 것일까?

첫 번째로 학교 내 처벌이 금지되었기 때문이다. 예전엔 학교 내 선생님들이 학생을 체벌을 하는 게 가능했는데 2010년 학생인권조례 제정과 2011년 초·중등교육법 개정에 의해 학생 체벌이 전면적으로 금지됐다. 이 규정들에 의해 법원 또한 교사의 체벌의 정당성을 인정해 주지 않았다. 이렇게 되면서 학생들 중 선생님을 무시하는 학생도 생기게 되고 교권이 추락한 것이다.

두 번째는 교사의 잘못도 있다. 모든 교사가 그런 것은 아니지만 예전엔 처벌의 강도도 너무 강했고, 선생님이 뇌물을 받고 학생을 차별하는 경우도 많았기 때문에 교사에게도 잘못이 없다고는 할 수가 없다.

세 번째로 학생을 훈육할 수 있는 수단의 부재 때문이다. 2011년부터 체벌을 금지해 아동을 보호할 수 있는 환경을 만들었지만 선생님들이 체벌을 대신할 수 있는 수단은 존재하지 않는다. 그렇기에 학생이 잘못을 해도 교사가 할 수 있는 것이 없고 체벌을 하면 아동학대라는 말이 나오니 교사는 학생이 잘못을 해도 가만히 있어야 하는 것이다.

네 번째로 부모들의 압박 때문이다. 경제성장으로 부모가 더 물

질적인 지원을 해줄 수 있게 되자 아이에게 더 많은 지원을 해주고 아이를 더 아끼게 되면서 극성부모가 늘어나게 되는 것이다. 학부모 교권 침해의 58%가 '아동학대 신고·협박' 및 '악성 민원 넣기'라고 한다.[12]

그렇다면 해결방안은 뭐가 있을까? 첫 번째로 선생님의 정당한 체벌은 허용한다. 두 번째로 피해를 받은 선생님에게 지원을 확대한다. 세 번째로 선생님이 피해를 받았을 때 모든 경제적 손해는 가해 학생의 학부모가 배상한다는 방안이 필요하다.

우리는 이 문제를 해결하기 위해 선생님을 존중하고 가해 학생이 아닌 피해를 받은 선생님을 보호하고 학생과 학부모 모두 선생님을 존중하는 분위기의 사회가 만들어졌으면 좋겠다.

---

12   한국교원단체총연합회 교권 침해 사례 실태 조사 (2023년 7월 25일~8월 3일까지 조사)

 **작가의 말**

　학교에서 동아리로 글을 쓰게 되었다. 처음엔 책을 읽고 토론을 하는 동아리인 줄 알았으나 알고 보니 책을 만드는 동아리라 실망을 하긴 했었고 글을 잘 쓰지도 못하는데 책을 어떻게 만들지? 하고 생각하며 막막하기도 했다.

　하지만 글을 쓰다 보니 재미있게 느껴졌다. 중간에 글을 쓰다 보니 귀찮아져서 글을 쓰지 않았지만 마지막에 글을 완성할 수 있어서 다행이라고 생각한다. 그래도 글을 쓰다 보니 생각보다 괜찮은 글이 만들어진 것 같다. 이 글을 읽고 나의 친구들이 상식을 쌓고 한국의 사회문제에 대해 깊게 생각해 보았으면 좋겠다.

　동아리 덕분에 책을 만드는 좋은 경험을 했고 다른 친구들도 이 활동을 해봤으면 좋겠다. 글을 쓰면서 나도 다양한 지식을 얻게 되어 좋았다. 하지만 글을 잘 쓰지 못한 것이 아쉽다. 그래도 나는 최선을 다했다.

중학생이 쓴 제1차 세계대전의 상황

박시형

읽기 전에

처음은 전쟁사 영상을 보는 것으로 시작했다. 학교에서 보여준 6·25 전쟁사 영상을 시작으로 점점 더 많은 전쟁사 영상을 보았다. 이유는 재미있어서. 영상을 볼수록 아는 것도 많아졌고 그걸 바탕으로 친구들과 이야기하면 돌아오는 반응은 "넌 역사만 공부했냐?", "와…." 아니면 무시가 대부분이었다.

최근에 아이들에게 나의 지식으로 문제를 내면 맞히는 아이들은 거의 없었고, 있다면 전쟁 게임을 하던 아이들이 대부분이었다. 내가 그 전쟁 게임을 해보니, 어떤 사건이 있었는지는 나와도 그 사건의 여파, 사건이 일어난 이유 등 나오지 않는 것이 꽤 있었다.

학교생활을 하다 '책벗'이라는 동아리에 들어가게 되었다.

'그냥 책 읽는 동아리겠지~.'하고 대수롭지 않게 넘겼는데 책을 쓰는 동아리였다. 사실 내 처음 책은 이게 아니다. 소설로 쓰고 있다가 전쟁사 이야기로 노선을 옮겼다.

난 이 책을 읽는 사람이 누구든 나처럼 역사에 관심이, 흥미가 조금이라도 생겼으면 한다. 역사가 마냥 어려운 과목이 아니라, 생각보다 재미있는 과목이라는 것을 알아주면 좋겠다.

다소 서툴게 쓴 내용도 있겠지만, 그래도 재미있게 봐주길 바란다.

목차

1. 독일제국의 탄생

프로이센 왕국은 1864년 덴마크, 1866년 오스트리아-헝가리, 1870년 프랑스와의 전쟁에서 연승한 뒤, 1871년 1월 빌헬름 1세 (당시 프로이센 왕국의 왕)는 베르사유 궁전에서 자신을 독일제국의 황제로 즉위하며 독일제국의 선포를 알렸다.

독일제국 탄생의 일등 공신은 프로이센의 정치인 '비스마르크'는 외교적으로 주변 강대국들을 포섭하고 유럽 대륙의 외교와 정세를 주도하였다. 비스마르크의 외교의 핵심은 간단하였다. 독일제국 동쪽에 있는 강력한 군사력을 가진 러시아제국과 좋은 관계를 유지하며 독일제국 서쪽에 있는 프랑스를 고립시키는 것으로 양옆에서 전쟁이 벌어지는 것을 방지하는 독일 중심의 외교 정책을 시행했다.

독일제국은 오스트리아-헝가리제국, 러시아제국과 삼제동맹을, 오스트리아-헝가리제국과 이탈리아와는 삼국동맹을 맺는다. 이런 시기에 오스트리아-헝가리제국과 러시아제국 사이 발칸반도를 놓고 갈등이 생겼다. 당시 발칸반도에 있던 국가들은 러시아와 같은 슬라브족 국가이고, 슬라브족 국가들끼리는 정치, 경제, 문화적으로 협력하고 뭉치자는 '범슬라브주의'의 일원으로 러시아제국은 발칸반도에 있는 세르비아라는 국가의 팽창을 지지하였다.

반대로 오스트리아-헝가리제국은 발칸반도로 세력을 확장하고자 했기 때문에 러시아제국과 대립구조를 이룬다. 이 대립구조를 비스마르크가 중재하며 유럽 대륙의 세력 균형을 유지해 주는 역할을 하게 된다.

비스마르크에 의해 유지되던 유럽 대륙의 평화는 1888년 빌헬름 2세가 독일제국의 황제로 즉위하면서 금이 가기 시작한다. 빌헬름 2세는 세력 균형을 맞추던 비스마르크와는 달리 매우 적극적인 팽창정책을 실시한다. 빌헬름 2세는 비스마르크의 동맹 정책을 폐기하고 러시아를 적대시하며 독일의 힘을 드러내기 시작한다.[13]

2. 사라예보 사건

1914년 6월 28일 오스트리아-헝가리제국의 황태자 페르디난트 대공과 그의 부인 조피는 군사훈련에 참관하기 위해 보스니아 헤르체고비나의 수도 사라예보를 방문한다. 이때 사라예보 한복판에서 한 청년이 나타나 오스트리아-헝가리제국 황태자 부부를 총으로 쏜다. 발칸반도에 세르비아에는 검은 손이라는 비밀단체가 있었다. 당시 오스트리아는 세르비아를 병합할 계획을 짜고 있었기에 강력한 민족주의를 주장하는 이 검은손 단체들은 절대적으로 용납할 수 없었다. 당시 황태자 부부를 쏜 청년은 검은 손 단체의 구성원 가브릴로 프렌치프이다(한국으로 따지면 일본에게 병합되기 전 이토 히로부미을 안중근 의사가 총으로 쏜 것. 역사에서는 병합 후 쏜다).

---

13   독일제국-비스마르크 체제, 빌헬름 2세의 팽창정책, 위키백과 검색

하지만 예전부터 발칸반도로 영토를 늘리려 했던 오스트리아는 이 사건을 명분 삼아 세르비아에 전쟁을 일으키려 했다. 하지만 세르비아를 보호하던 러시아제국의 눈치를 살펴야 했고, 힘이 세지 않아 동맹국인 독일제국의 지지도 얻어야 했다.

몇 달 뒤 독일제국의 황제 빌헬름 2세가 오스트리아에 대한 절대적인 지지를 약속한다. 이에 오스트리아는 기다린 듯 최후통첩을 개시하였으며, 러시아는 역시 같은 슬라브 민족이었던 세르비아를 도와 오스트리아와 전쟁을 준비하였다. 1914년 7월 28일 오스트리아는 세르비아에 선전포고하고, 1914년 7월 30일 러시아는 세르비아 보호를 선언하며 총동원령을 내린다. 같은 날 러시아의 총동원령에 위기감을 느낀 독일은 뱃놀이 떠났던 황제 빌헬름 2세가 급히 복귀하여 똑같이 총동원령을 내리고 러시아에 선전포고한다. 이때 독일은 러시아와 동맹인 프랑스도 어차피 참전할 것으로 예상하고 바로 이틀 뒤에 프랑스에도 선전포고하며 슐리펜계획을 발동시킨다.[14] 내 생각에는 프랑스 국경에 방어선만 구축해놓고, 프랑스가 선전포고하면 그때 국경을 넘어 진격해도 되었을 것 같다. 굳이 무리하며 양면전선을 치룰 필요가 있었을까.

---

14 사라예보 사건, 〈사건 경과〉, 위키백과 검색

3. 전쟁의 시작

슐리펜계획은 알프레트 폰 슐리펜의 이름을 따서 지었으며, 1905년 12월 작성한 독일의 전쟁 계획이다. 프랑스의 강력한 방어선을 회피하기 위해 벨기에와 네덜란드를 통과하여 프랑스를 침공하는 것을 골자로 하며, 7주 만에 프랑스를 점령하고 이후 모든 병력을 철도에 태워 동부전선으로 이동시켜 러시아와 싸운다는 계획이다. 훗날 제1차 세계대전의 초반부 양상을 결정지은 것으로 알려져 있다. 문제는 병력들을 철도에 태워 수송시킬 세부적인 시간표까지 짜놨기 때문에 슐리펜계획을 한번 발동되면 멈추지 못한다는 점이다. 이런 이유로 독일 황제 빌헬름 2세는 슐리펜계획 발동 직후 그 계획을 중지하려 했으나 이미 병사들이 국경을 넘어버렸기에 중지가 불가능했고 결국 전쟁이 확대되었다. 또 슐리펜계획은 네덜란드와 벨기에를 통과하여 프랑스와 싸우는데, 당시 병력집결부터 기동, 전투까지 이미 계획이 모두 짜여있는 상태였기 때문에 그 계획상 벨기에를 넘어가지 않을 수 없었다. 그래서 어쩔 수 없이 벨기에를 지나가게 되고, 벨기에가 독일에게 침략을 받아 영국은 독일에 맞서 참전하게 된다. 그 당시 독일은 벨기에에게 군사 통행권을 받고 정당하게 병력을 움직일 수 있었다. 그런데 왜 선전포고를 하였는지는 의문이다.

일본은 영일동맹과 영국의 지원 요구 때문에 8월 28일 연합국으로 참전하게 된다. 오스만제국은 이 시점까지 눈치만 보고 있었다. 그러나 1914년 7월에 영국에서 만들어지던 오스만 전함 두 척을 동맹국 병기라는 이유로 영국이 부당하게 압류하자 오스만의 영국에 대한 여론이 나빠졌으며 8월에 독일은 오스만에게 비밀리에 동맹을 추진하고 전함 두 척을 양도하고 군사적으로 지원해 환심을 산다. 그리고 오스만 해군 소속이 되었음에도 독일 해군이 지휘하던 이 두 전함은 10월 말에 러시아의 세바스토폴 항구를 기습 공격해 버렸고 러시아는 11월에 오스만제국에게 선전포고하여 캅카스 방면을 공격하기 시작해 오스만도 전쟁에 휘말리게 된다. 영국과 프랑스는 곧 중동 지역에서 오스만제국을 공격하기 시작하고 영국령 인도제국도 자치권을 강화한다는 영국의 꼬임에 넘어가 영국군에 가세한다. 독일과 동맹을 맺고 있던 이탈리아는 동맹을 깨고 중립을 선언한다. 후에 이탈리아는 이해득실을 따지며 연합국으로 참전해 독일과 싸운다.

8월 7일부터는 독일군이 프랑스 영토 안에서 국경 전투를 열어 승리해 파리 50여km 앞까지 진격할 정도로 선전한다. 한편 러시아가 급하게 8월 중순부터 독일의 동프로이센과 오스트리아의 갈리치아를 공격, 갈리치아의 중심 도시인 렘베르크를 비롯한 갈리치아의 상당 지역과 동프로이센의 국경 지대 일부를 점령했지만 타넨베르크 전투에서 독일군에게 반격당해 큰 피해를 입고 동부전선 우위를 내줬으며 오스트리아군도 러시아와의 전투에서 전과를 올린다. 하지만 9월의 마른 전투에서는 독일군이 프랑스 영국 연합군에게 저지당하며 진격의 힘을 잃고 주저앉게 된다. 결국 독일은 계획대로 프랑스를 초기에 굴복시키기에 실패했고, 우려했던 대로 서부전선과 동부전선 양면에서 싸워야 하는 상황에 빠졌다.

아프리카나 아시아 등지에서도 유럽의 식민지였던 지역을 중심으로 전투가 벌어지기 시작했으며, 특히 독일과 영국 식민지에서는 종전까지 현지 병사들의 전투가 계속 일어났다. 8월 말에 일본제국도 영국과 함께 독일령이었던 칭다오를 침공해 점령했고 9월에는 호주가 독일령 뉴기니를 점령했다. 태평양 지역에 있던 독일 함대는 본국으로 귀환을 시도했지만, 영국 함대의 습격을 받다가 포클랜드 해전에서 괴멸되었다.

더 진격할 수 없게 된 서부전선의 독일군은 프랑스 방면의 점령지역 유지와 방어를 위해서 참호를 팠고 연합군도 독일의 진공을 저지하기 위해서 참호를 파기 시작한다. 그리고 상대편 참호의 측면으로 계속해서 기동을 되풀이한 결과 끝내 참호선이 북해에서 스위스 국경까지 늘어나는 상황까지 이르렀다.[15]

4. 참호전

제1차 세계대전의 가장 끔찍한 이미지로 남아있는 참호전은 이렇게 시작되었다. 어느 나라에도 참호전이란 교리가 없었으며 의도된 전쟁 양상이 아니었다. 그러나 기관총, 야포, 철조망 등 방어에 유리한 무기는 발달했으나 참호 돌파를 위한 효과적인 무기가

15 1차 세계대전, 〈전쟁의 진행과정-벨기에와 프랑스의 독일군〉, 위키백과 검색

없었기에 양측은 효과적인 전진을 하지 못하고 인명 피해만 늘어가는 소모전을 치르며 대치하게 된다. 전쟁 기간 동안 어느 쪽도 참호전 양상을 타개하는 데는 실패했다.

의외로 러시아제국군이 동맹국을 상대로 참호 돌파를 많이 했었다. 그러나 상대는 독일이 아닌 오스트리아-헝가리제국이었기에 가능한 성과였다. 한편 서부전선에선 끝없이 이어지는 참호로 요새화된 지역은 우회해서 돌아갈 길도 없었고, 참호에는 포격도 썩 효과적이지 않았다. 결국 대량의 포격을 적의 참호에 가한 후 정면으로 병력을 돌격시키는 방법밖에 없었다. 그러나 적의 기관총과 철조망, 그리고 포격 때문에 아군은 적의 참호에 가기도 전에 전멸하기 일쑤였다. 설사 적의 참호를 점령하더라도 그 앞에는 적들이 준비한 제2, 제3의 참호가 버티고 있었다.

서부전선과 이탈리아 전선을 제외한 동부전선이나 발칸, 캅카스, 중동 전선에서는 참호전이라고 부를 만한 상황 자체가 없었다. 이쪽에서는 철도와 기병을 동원해 대규모 기동전을 펼치고 있었다. 서부전선과 동부전선의 양상이 달라진 이유는 병사수가 차이나는 것이 컸다. 서부전선은 전 전선에 걸쳐 병력이 빽빽하게 들어차 병사수가 낮은 취약점을 찾을 수 없었고, 결국 참호전이라는 일종의 진지전 양상으로 변모했다. 이탈리아 전선도 마찬가지로 병력 밀도가 높을 뿐만 아니라 고지대인 알프스산맥에서 전쟁이 벌어졌으므로 대개 참호를 파고 포격을 주고받는 진지전으로 전개되었다. 하지만 동부전선은 흑해에서 발트해까지의 거대한 전선이 형성되다 보니 참호에 의존한 고수방어를 하려다가는 쉽사리

측면돌파를 허용할 수밖에 없었고, 따라서 보병과 기병에 의한 기동전 양상이 벌어졌다.

　1914년 12월, 대부분 군인들이 집에서 보내리라 생각했던 크리스마스가 오자 서부전선에서 대치하던 연합군과 독일군은 암묵적으로 휴전한 채 각자의 참호에서 조촐한 축하 행사를 가졌으며 기적적으로 서로 총을 거두고 적과 만나 이야기를 나누기도 했다. 그러나 이 해가 지나자 적어도 대놓고는 이런 모습이 보이지 않았다

5. 러시아 공산혁명

　서부전선과는 반대로 동부전선에서는 독일 군대가 잘 싸우고 있었다. 독일군은 타넨베르크 전투에서 러시아군을 대파한 다음 곧바로 러시아로 진격했다. 하지만 러시아의 영토가 너무 넓어 전부 점령하지는 못했다. 독일은 전체적으로 잘 싸우고 있었다. 오히려 고전하는 쪽은 연합군이었다.

　1917년 전제 군주국이었던 러시아제국이 무너지고 세계 최초의 공산주의 국가인 러시아 소비에트 공화국이 탄생했다. 러시아 소비에트 공화국(소련)의 정권을 잡은 블라디미르 레닌은 독일과 조약을 체결하고 전쟁을 끝낸다. 그도 그럴 것이 레닌은 혁명 당시

독일의 지원을 받고 혁명을 일으켰으니 말이다.[16]

6. 미국의 참전

1차 세계대전 당시 미국은 중립을 지키고 있었다. 하지만 1917년 4월 6일 윌슨 대통령이 독일에 선전포고를 한다.

미국의 참전 계기는 독일의 무제한 잠수함 작전, 그리고 밀지다.

무제한 잠수함 작전은 당시 가장 강력한 해군력을 지니고 있었던 영국을 중심으로 연합국은 해상봉쇄 작전을 펼쳐 독일을 고립시키자, 독일은 이 상황을 바꾸려 잠수함 개발을 시작하였고 이를 이용하여 영국으로부터 빼앗긴 해상을 되찾고자 하였다. 무제한 잠수함 작전은 중립국을 포함하여 적이라고 판단되면 무차별적으로 공격하겠다는 뜻이다. 이에 따라 미국 선박이 파괴되고 미국인이 사망하는 사건이 생긴다.

밀지는 독일이 미국이 전쟁을 개시할 것을 대비해 멕시코에 도움을 청하고 이에 답으로 미국에 빼앗긴 영토를 되찾는 것을 도와준다는 내용이 들어있었다. 독일의 외무장관 치머만이 보낸 이 밀지를 결정타로 미국이 1차 세계대전에 참전한다.

미국은 전쟁 중 영국과 독일 간에서 중립적 입장을 취하고 있었

---

16   김상훈, 『외우지 않고 통으로 이해하는 통세계사 2』, 다산에듀, 2009, P.315~316

다. 미국의 우드로 윌슨 대통령은 지속적으로 "독일의 무제한 잠수함 공격에 대해서 방관하지 않겠다."라는 의사를 표명했고, 독일은 이에 대해 이러한 공격을 중단할 것임을 몇 차례 약정했다. 그러나 1917년 1월 16일, 독일 외무장관 치머만이 멕시코 주재 독일제국 대사 펠릭스 폰 에카르트에게 보냈던 암호 전문 치머만 전보에서 "멕시코가 미국을 공격할 경우, 멕시코가 1848년에 미국에 빼앗긴 모든 영토를 되찾을 수 있도록 해주겠다."라는 내용 때문에 미국은 참전 쪽으로 기울어졌다. 얼마 후 독일이 유보트를 이용해 영국 배를 공격했는데, 그 배에 탔던 미국인들이 죽었다. 따라서 윌슨 대통령은 의회에 독일에 선전 포고할 것을 1917년 4월 6일에 제의했다. 이는 미국 영토에 대한 독일의 공격에 한한다는 내용으로 하원 결의안 373:50, 상원 82:6으로 승인되었다. 12월 6일에는 오스트리아에 선전포고를 하여, 그 범위가 이탈리아 전선까지 확대되었다.[17] 미국의 참전에 대비한 것은 나쁘지 않은 행동이었지만, 그 당시 미국은 고립주의 정책을 피고 있었으니 밀지까지 보낼 필요가 있었나 싶다.

---

17 김상훈, 『외우지 않고 통으로 이해하는 통세계사 2』, 다산에듀, 2009, P.320~322/위키피디아

7. 종전

1917년, 미국이 독일에 선전포고를 한 이래, 연합국은 반격에 들어가기 시작했다. 결국, 동맹국의 군대가 차례대로 투항했다. 불가리아가, 그다음 오스만제국, 오스트리아 순으로 항복했다. 오스트리아가 항복한 같은 날, 독일의 킬(Kiel) 군항에서는 해군 수병에 의한 폭동이 일어났다. 파급 효과는 엄청났는데, 곧바로 독일 각지에서 노동자들이 파업하여 군경과 실랑이를 벌였다. 결국 독일 황제 빌헬름 2세는 제위를 포기하고 네덜란드로 망명했다. 독일은 군주제를 포기하고 공화정으로 전환하였으며, 1918년 11월 11일 연합국과 휴전을 맺었다. 이렇게 해서 약 9백만이 전사한 이 전쟁은 끝이 났다.

동맹국이 연합국과의 전쟁에 지면서 독일은 베르사유 조약, 오스트리아는 생제르맹 조약, 헝가리는 트리아농 조약, 오스만제국은 세브르 조약, 불가리아는 뇌이 조약을 맺으면서 오스트리아-헝가리제국과 오스만제국은 해체되고, 많은 영토와 인구를 잃었다. 이로 인해 발칸반도와 중동에서 많은 독립국들이 생겨났다.

독일의 경우 해외 식민지를 모두 포기하였고, 본토 손실은 알자스와 로렌을 프랑스에 넘겨주고 폴란드 지역을 독립시킬 정도의 적잖은 영토를 잃었다. 또한 장기간 전쟁으로 인하여 인플레이션이 일어났고, 실직자가 속출하였다. 더욱이 베르사유 조약으로 인한 과다한 배상금은 제2차 세계대전의 원인이 되었다.

8. 전쟁 이후의 세계

미국이 제1차 세계대전을 민주주의를 위한 투쟁으로 선언하여 국제 정치가 이념화, 도덕화하기 시작했다. 이상적 집단 안전 보장 정책인 국제 연맹을 통해 법률적, 도덕적 세계 여론에 부응하여 평화를 구하는 시대가 도래했다.

이때부터 총력전의 양상을 띠기 시작했다(영국, 프랑스, 러시아 제국, 독일제국 특히 벨기에 왕국, 러시아제국과 독일제국은 식량 부족이 심각했다.

전쟁기간 동안 맥심 기관총, 독가스, 탱크, 전투기, 유보트, 곡사포 등의 신무기가 생겨났다.

독일 국민들은 거의 만장일치로 베르사유 조약을 승인하지 않았다. 이 조약은 아돌프 히틀러 집권과 제2차 세계대전 발발의 배경이 되기도 하였으며, 바이마르 공화국이 외부로부터 강요된 체제라는 이유로 민주 정부에 대한 애정과 의지를 갖지 못하게 하여 공화국의 생명력을 위태롭게 만든 것이나 다름없었다고 주장했다.

이탈리아의 좌절감과 배신감은 파시즘의 발전과 베니토 무솔리니의 집권을 가능케 하였다.

미국은 초강대국의 지위에 올랐으나, 자신이 만들었음에도 불구하고 국제 연맹 참여를 거부하고 다시 고립주의에 빠짐으로써 강대국으로서 국제 역할에 괴리를 가져왔다. 결국 경제 공황이 생겨난다.

많은 새로운 국가들이 탄생하여 다른 국가도 국제 사회의 일원으로서 참여할 수 있는 기회를 만들었다. 민족자결주의로 민족주의가 상승하여 20세기 정치의 중요한 요소가 된다. 인도, 조선 등에서 독립운동 활발해졌다.

일본은 영·일 동맹을 근거로 연합군 측에 가담하여 1차 세계대전 기간 동안 이득을 보았고, 경제 호황기를 누림으로써 대체로 만족하였다.

제1차 세계대전이 발발하자 일본은 영일동맹을 이유로 연합국에 가담하여 참전했다. 그 진의는 동아시아 지역에 있어서 일본의 지위를 더 높이고 국제적인 발언권 강화를 목적으로 한 것이었다.

1914년 8월 일본은 독일에 선전포고한 후, 일본 육군은 중국에 있던 독일의 조차지 산둥반도의 자오저우만(칭다오, 포함)을, 일본 해군은 태평양의 독일령 남양군도를 점령하고, 이 지역에서의 이권을 할양받는 것을 영국과 프랑스가 승인하는 조건으로 지중해에 소규모 함대만을 파견하는 등 독일과의 직접적인 전투에는 소극적인 태도를 보였다.

1915년 1월, 산둥반도를 점령하고 나서, 일본은 중국에 대해 만주와 산둥반도 등에 대한 일본의 이권을 반영구화하고, 남만주와 내몽골 일부를 일본에 조차하는 것을 요지로 하는 등 21가지 특혜조건을 요구하였고, 중국은 이를 수용할 수밖에 없었다. 이같이 중국의 주권을 침해하는 행위는 5·4운동(1919년)과 같은 격렬한 배일 여론에 밀려 실패하였다.

한편, 러시아 혁명에 뒤이어 1917~22년에 일어난 러시아 내전에서 일본은 러시아 백군을 도와 7만 2천여 명의 병력을 시베리아에 파견하였으나 패배하였다.

중국은 1917년에 연합국으로 참전했음에도 불구하고 일본이 산둥반도를 차지한 것에 불만을 품었고, 사인도 하지 않고 국제 회의장에서 철수한다. 이것은 5·4운동과 공산주의 운동을 불러일으키기도 하였다.

국제 정치는 이제 유럽에만 힘을 기울일 수 없게 되었다. 전 세계가 국제 정치의 무대가 되었으며, 국제 정치가 좁은 유럽에서 벗어나 전 세계화하는 계기가 되었다.

전 세계 국민의 감시 속에 평화를 유지해야 한다는 무거운 책임감을 전 세계 지도자들이 가지게 되었다. 특히, 도덕적으로 국제 평화를 추구하게 되었다.

여성의 사회적 참여가 늘어났고, 민주주의가 발달하였으며, 사회 구성원 간의 평등에 관심과 요구가 높아지게 되었다.

국제 정치에도 변화가 크게 나타나 독일, 러시아 등의 전제 국가들이 무너지거나 해체되었고, 유럽 국가들의 절반에 가까운 국가에서 공화정이 수립되었다.[18]

---

18 1차 세계대전, 〈1차 대전의 결과와 의의, 그리고 그 영향〉, 위키백과 검색

작가의 말

처음엔 소설을 썼다. 그때는 '내가 본 소설책이 몇인데~.'하며 기고만
장해 있었다. 결과는 대참사. 생각보다 글쓰기가 어렵다는 것을 깨닫고
내가 자신 있는 분야로 접근을 하자 하고 쓴 글이 이것이다.

학원 때문에, 숙제 때문에, 하물며 게임을 하거나 놀기 바빠서 원고를
못 낼 때도 있었다. 작업량도 제각각이었다. 어느 때는 두 시간 넘게, 어
느 때는 30분도 채 하지 않았다. 지금 와서 돌이켜 보니 조금만 더 열심
히 썼으면 어땠을까 싶다.

책을 쓰며 자료조사를 하니 내가 모르는 것들이 하나, 둘 새롭게 이해
되기 시작했다. 때론 열정적이었지만, 때론 귀찮아서 대충 쓰기도 했다.
다소 급하게 쓴 경향이 없잖아 있지만 그래도 재미있게 봐주길 바란다.

재미있는 사실은 난 역사에 더 흥미가 생겼고 내가 역사에서 아는 부
분은 전쟁사밖에 없다는 절망감도 함께 얻었다는 사실이다. 그러므로
머지않아 문화, 외교와 관련된 것도 알아볼까 한다.

이 책은 1차 세계대전만 다루고 있지만, 사실 2차 세계대전, 3차 세계
대전까지 다뤄보려 했다. 시간 탓에 모두 마무리하지 못한 게 가장 아쉽
다. 내가 조금만 더 열심히 작업했다면 충분히 쓰고도 남지 않았을까 하
는 후회가 아직도 없어지지 않는다.

만약 나중에 기회가 생긴다면 더 노력해서 더 좋은 작품을 만들고 싶다.

글,
싹이 트다

초판 1쇄 발행 2024. 2. 14.

지은이 황채영, 최아연, 주지율, 김지유, 박지영, 서예건, 이원석, 이유호, 김은지, 하정빈, 강정헌, 박시형
엮은이 이지선 선생님
펴낸이 김병호
펴낸곳 주식회사 바른북스

편집진행 황금주
디자인 한채린

등록 2019년 4월 3일 제2019-000040호
주소 서울시 성동구 연무장5길 9-16, 301호 (성수동2가, 블루스톤타워)
대표전화 070-7857-9719 | **경영지원** 02-3409-9719 | **팩스** 070-7610-9820

•바른북스는 여러분의 다양한 아이디어와 원고 투고를 설레는 마음으로 기다리고 있습니다.

이메일 barunbooks21@naver.com | **원고투고** barunbooks21@naver.com
홈페이지 www.barunbooks.com | **공식 블로그** blog.naver.com/barunbooks7
공식 포스트 post.naver.com/barunbooks7 | **페이스북** facebook.com/barunbooks7